耗盡時光
抵達
有你的地方

落涼 著

timeless Stories about Meeting you

如果有人願意陪你走過一段路，
就已經是那段日子的光芒了。

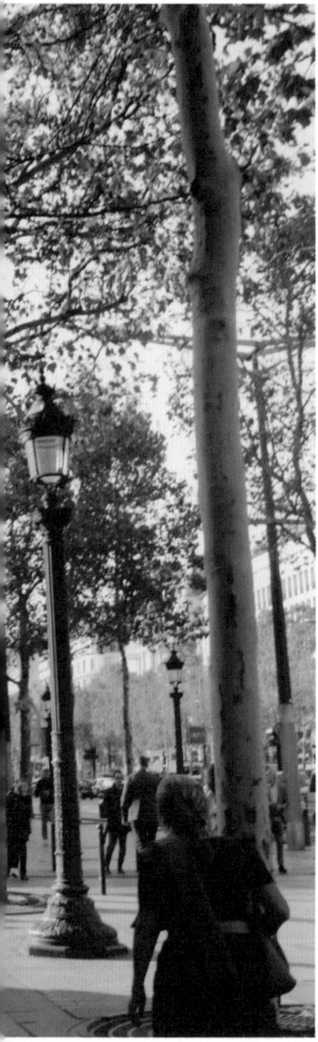

我似乎不斷在擁有，又好像一直在迷失。
可能是我太迫切了，迫切找到一個理想之地。

你比我還懂得愛，
每一次破碎的時候，
你都會拾起我已經散亂的碎片，
將我重新完整。

我開始學會說謊了
學會對自己說謊
需要的時候，逃跑
傷心的時候
微笑

愛一個人的時候
不要說實話

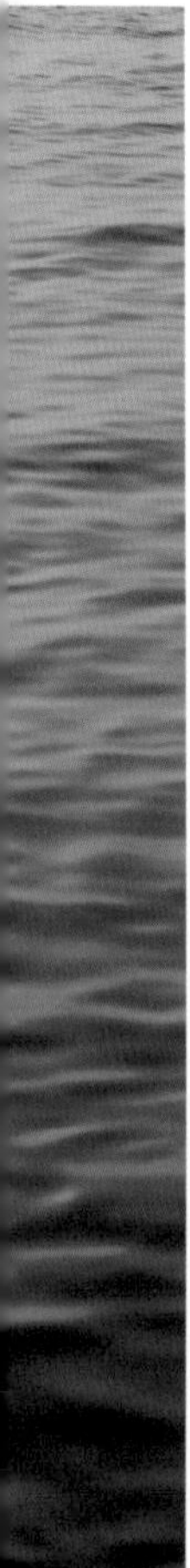

「我想你了。」

這句話始終停留在冷冽的空氣中，停留在我心中。

可是啊，

如果下次見到你，我不想要再閉口不言。

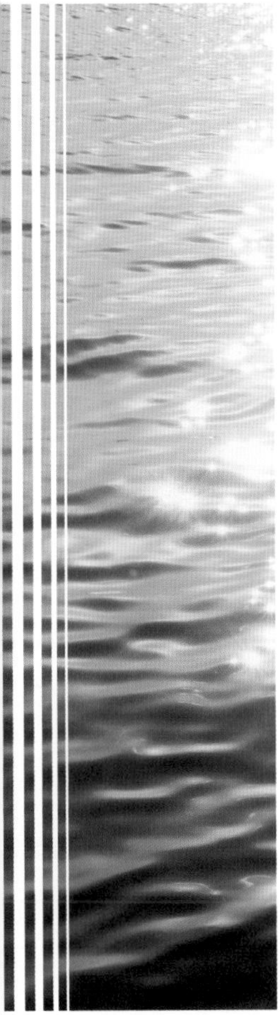

傷心或許只是一場自然不過的雨季，
我可以陪它慢慢痊癒。

我沒有告訴你，什麼是心動一剎那的證據，
你給我最輕描淡寫的吻，
卻是一輩子最隱晦的熱愛。

早就知道
玫瑰有刺
你卻勇敢擁抱
你說，愛就是這樣

傷害
也是靠近的一種

我沒有告訴你，我就這麼無可救藥地愛上你了。
那時候的日子好緩慢與安靜，
讓我悄無聲息又恣意妄爲地喜歡著你，又悲又喜。

後來也有那麼多的日子，我也喜歡上別人，
但卻不曾有人代替你的位置。
你在我的心裡是不曾坍塌的永恆。

目錄

輯一　沒有盡頭的流浪

輯二　相遇的花火

輯三　傷害也是愛的一環

目錄

輯四 被愛的魔法

輯五 一生的告別

輯六 成為自己的家

沒有盡頭的流浪

是時候啟程了——
懷揣著好奇與恐懼
將會邂逅的是自己
還是他人的臉龐
溫柔或是冰冷

笨拙的牙牙學語
攤開地圖上不同的地方
漫無目的去流浪
唯一的定錨
只有自己滾燙的心房

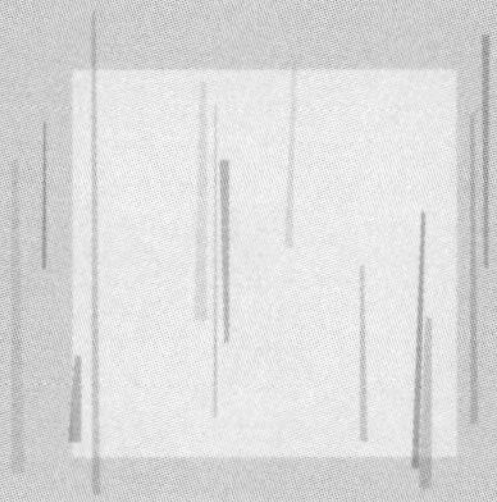

閉上眼睛
也許沒有人在你身旁
可是抬起頭
星星都還在閃耀

這一刻那麼美好
你停留以後
下一刻
你想抵達什麼遠方

你的日子不停止流浪
你的心不停止動盪
但都會是屬於
你絕無僅有的寶藏

在另外一個城市學著長大

從大學開始就常常坐高鐵往返學校與家，台北與新竹，當時只覺得自己好像離繁華世界近了一些，但卻還沒脫離稚嫩的自己。

坐高鐵搖搖晃晃，窗外的景色快速飛逝，彷彿坐了一個時光機，回到過去。小時候正是剛蓋好高鐵的時候，爸爸帶我們一起去搭乘，當時在我心裡，一進到車站就有不同凡響的感受。新竹高鐵站的外觀簡約大氣，車站內有全新的樣貌。突然覺得到地圖上另外一個地方並不遠，原來不曾見過的另一種風景，在兩三小時之內，就可以完整看見，對於正在理解世界的我來說，其實很不可思議。

忘記是哪一次，在車站大廳的時候，看見了幾個穿著時髦的姊姊們，舉手投足之間似乎有都市的模樣，對比我身上胡亂穿著的 T-shirt，不知道為什麼，我覺得她們正在閃閃發光。

當時的我便很嚮往那樣的人，或者該說形象，既獨立、自由又漂亮俐落。小時候的時光總是被保護得很好，於是期待快速長大，獨當一面，變得像電視劇裡面的女主角一樣意氣風發，所向匹敵。

總是想成為發光的人啊，但當時不曉得，如果你渴望發光，勢必要燃燒。

而那樣的燃燒是無止盡的努力吧？小時候的定義是拚命讀書，考上第一名，讓師長稱讚；長大了以後則是為了更好的境遇與發展，需要離鄉背井讀書，努力獲取經驗拿到一份好的實習，或是進入世人稱羨的公司工作。

燃燒的過程好像也殆盡了一部分的自己，既痛苦又不知所措，也不知道哪一天才會真正地發光。

我想長大的過程，有點像是顆不知道該通往哪的流星吧，卻又不停地向前，尋找屬於自己的天際。

2.

剛上台北的日子其實非常不習慣。

過往家裡都將自己保護得好，甚至可以說是過度保護，父母總是擔心自己受傷，所以什麼事都有人照顧。就連到了高中，媽媽也幾乎不太讓我一個人出門，沒有什麼機會跟同學朋友出遊，所以我連怎麼看公車的路線都不會，去哪裡都是父母開車載我。

可是，是時候長大了，搬去另一個陌生的地方，面對突如其來闖入嶄新的生活，遇見來自四面八方的朋友，開始真正擁有更多的空間，卻也必須做選擇，緊張不安又躍躍欲試，興高采烈卻不知所措。

印象很深刻，剛入學的時候剛好有機會和一群同學搭捷運出遊，我幾乎是驚訝又興奮地看著這一切，對於他人稀鬆平常的事，對於我而言卻是艱難無比的事情。在這個燦爛世界裡我仍在牙牙學語，像個方張開雙眼的孩子，期待摸透每一種形狀。

也因為由內而生的獨特與缺陷讓我覺得自己與周圍格格不入，體認到自己的不獨立，每個人都離我很遙遠。或許是我將自己的心築起了透明的圍籬，很難將自己真正的打開，卻又渴望被接納。

除了課業以外，同學們開始跑社團，有些人則加入球隊，當時的大家也許正在興奮地探索自己與未來，為大學四年留下值得紀念的里程碑，而我卻什麼也沒做，只是想先完整自己，成為一個獨立的個體。獨立太難了，連自己一個人在路上吃飯都做不到。我像是個黏人又受傷的小貓咪，對誰都來者不拒，卻又容易產生防備心，內心的空洞填補不滿，反覆渴望有人理解，就算我還沒看清他們背後的心意，一點點溫柔都可以讓我產生極度的依賴。

來到新環境最初相識的快樂，常常轉眼變成相識的遺憾。人與人不知不覺因為同一個環境而框住而熟稔，卻在深入了解以後，察覺到了彼此的差異，好不容易，願意一點一點攤開自己的全部，碰撞之後卻感到刺痛，再緩緩離開。

我想那時的我太像混亂的陀螺了，以為只要闖進誰的日常就能擁有棲息之地，卻只是不停無用地打轉，陷入一個又一個甜美又破爛的循環，無法真正的停歇。

生活是在下課和室友一起去夜市逛街吃飯，在宿舍和同學徹夜寫著期中考報告，在交誼廳喝著超商買的便宜水果酒，在平日下午去公園裡野餐偷竊美好陽光，交換秘密與故事換取短暫的親暱。彷彿只有流連忘返在熱鬧的喧囂之間，我才不會透明地消失於人山人海。

畢竟這城市太遼闊了，訊息的重量太單薄了，害怕關係在時間的改變裡就破滅，於是我小心翼翼攥緊得來不易的溫暖，但正是因為太小心了，才如此輕易被擦傷。

也許不是誰的錯，只是年輕的心渴望太多，愈是想要被理解，愈是離世界遙遠。

但還好，那段時間總會有溫暖的聲音在安慰著我。學校宿舍是六人房，很幸運的都遇到了很善良的人們，我喜歡室友在的時候，聽她們壓低聲量討論生活與課業，播放著劇或是準備考試，偶爾大家都在的時候，天南地北地聊天，直到睡覺時間。有時候我覺得我們像是台北的家人那樣，有各自獨立的生活，也卻有共同的羈絆。

有時候禮拜三的下午，宿舍裡的擁擠小房間，我正在床上睡覺，耳邊傳來室友正在練習吉他的聲音，輕柔似夢，安撫了一切成長的焦躁。偶爾我會假裝睡著，其實半夢半醒之間，能感到溫暖的暖流集中在胸膛，甚至想要偷偷流淚。

這是我沒有和她們親口說過，卻在心裡特別感謝的事情，明明充滿著不確定性，正是在如此溫暖的環境生活，才讓我積攢一點又一點勇氣。

3.

大一上的時候，常去找在附近大學就讀的高中同學，在畢業以後，還能和朋友在同一個城市生活，其實是非常幸福的事情。

固然認識新的朋友也很快樂，但仍想要尋找一些熟悉的臉龐。在室友都不在的孤單晚上，常常一時興起打了一通電話給她，坐捷運經過兩站去找她。她學校附近的那條馬路，在晚上的時候總是會閃閃發光，彷彿晨星掉落在人間。她學校的校門口是茂密的植物牆，在這城市裡反而像一座遺世而獨立的花園，讓我安心地栽種所有的傷心與不快樂，而她總是寧靜地聆聽我的所有。

我們會沿著學校前面的路走，空氣很清新，我挽著她的手，喋喋不休地講著我的生活，她有時會安靜地聽我說完，有時則毒舌地點出我的不好。正因為常常聽見別人的讚美或是修飾過的言詞，會讓我容易在自我感覺良好的同時，也認為關係中摻雜著虛情假意，但因為她的誠實，讓我相信未來也許會有同等真實的關係。

「如果我成為不了足夠優雅的大人該怎麼辦？」

「我想我根本也成不成大人了。」記得我曾經一直拿這問題煩她。

「那也沒有關係，我覺得這樣的你沒有什麼不好，這樣也挺好，應該說一直這樣就夠好了。」她是這麼回答著。

那時也許是對這世界有太多的懷疑，一個人的時候難免會害怕，但有她一起就不會害怕了。多年過去，想要謝謝她借了我許多的晚上，收留了我的狼狽不堪。那時候的我可能太需要有人陪伴了，還不知道怎麼一個人生活，但謝謝她欣然接受我的一切。

如果我有變得更好了，一定是她用力地撐住過我。在最陌生未知的城市裡，如果有人願意陪你走過一段路，就已經是那段日子的光芒了。

4.

隨著時間慢慢習慣這個城市的步調，不斷遇見新的朋友，也能接受那些失去，擁有一兩個可以哭泣的小角落。

一個人在宿舍閒來無事的時候，我喜歡看電影，只要投入在劇情裡面，好似就能忘記孤單的滋味。

很喜歡《魔女宅急便》，只要對生活中沒有勇氣的時候，就會想起裡面的台詞：「雖然也會有難過的時候，但我還是最喜歡這個城市了。」

畢業後還是決定留在台北，因為我喜歡這個城市的一切，偶爾自己預備早餐，去咖啡廳做一個下午的報告，我特別喜歡穿梭在這城市靜謐的巷弄，看陽光搖曳在樹與樹之間，還有許多住家旁的陌上花開，甜美又脫俗。

夜晚下班時，信義區的街頭藝人正在歌唱，許多嗓音，抬頭盡是燈火通明的高樓大廈。一個人走在街道上的時候既孤單也動容，總覺得和許多人相似，有著不一樣的夢想與同樣的寂寞，被這個城市的殘酷與溫柔連結著。

啊，華燈高照的城市裡，原來我們都一樣渴望被理解。

我後來發覺，生命裡有太多美好的事物，都是這個城市讓我遇見的。最喜歡的人、最知心陪伴的朋友、方遇見的喜悅、後來擦肩的不捨，每一個成長的決定，都是在這個城市悄然發生的。

我慢慢理解自己是什麼樣的人，
在這個城市好像描繪的夢想都一一成真，
就算曾經有夠沮喪的時候，
但它還是欣然接受我的一切。

這大概是我對這城市最好的愛了，
也是這城市給我最好的愛了。

夜晚的飛翔

一直很喜歡夜晚的城市，比起白天，路上不再有那麼多人。紅綠燈在交替閃爍，整個城市添上了微醺的寧靜，遠處的萬家燈火都像極了星星，連寂寞都變得迷人。

有時候坐在機車的後座，夜晚的空氣涼颼颼的，聽耳邊呼嘯過風的聲響，向著自由奔馳；有時候在人行道哼著歌走著，此刻不用再被世界的眼光拘束。黑暗的時候，五官與知覺變得敏銳，彷彿那些無法理解的，又變得清晰。

只要伸出手，讓風透過指尖，就像是從黑夜中長出小小的翅膀。光天化日下不敢擁有的勇氣，在夜晚又緩緩浮現，有時候我想，其實我們每個人都會飛翔，只是暫時忘記了方式，而在最深邃的夜晚裡才能夠，將遺忘許久的技巧，悄悄地拿出來複習。

身而為人有許多身不由己，絕大多數的時候，我們都在努力地符合他人的期待，只有當夜幕四垂，他人看不見我們的時候，或許才能展現最為真實的樣子——這時才能夠攤開所有的悲喜，消除一天的疲倦，也能夠更真實的面對自己的心意。

我會問問自己過得快樂嗎？問問自己還有什麼留有遺憾的呢？

快樂與遺憾都那麼洶湧。許多人在現實生活與嚮往理想之間，都會選擇現實。我認為我也是那樣的人，擁有最甜美遙不可及的夢境，仍然得考量現實生活、帳戶存款，理想逐漸變得乾癟，不得不將自己的初心藏起，向這世界一遍又一遍妥協，成為社會期待你所成為的模樣。

在這樣的過程中，我並沒有過得不快樂，甚至足夠幸福，三五知心的朋友，溫柔的戀人，擁有充實的工作。生命一直都是在愛與被愛中填滿與成長，只是偶爾對於這樣的安穩，這樣不停止的追逐，我已經疲憊不堪，覺得自己被固定成一種模樣，再怎麼奮力振翅，也脫離不了重複的庸碌。

如果可以的話，有時候仍然渴望能夠再一次獨自的流浪，不顧一切世界的眼光，就讓我一個人跌跌撞撞，漫無目的地行走，帶著我的恐懼與好奇，永遠抱持好奇的眼睛。

夜晚時分就是如此迷幻，渴望與愛都在沸騰，真實的自己呼之欲出，原來自己還有太多遠方尚未抵達，而答案其實一直都在心中。

只要想像那透明的翅膀，相信自己在這漂泊不定的生命裡仍能夠起飛，總覺得所有無法言喻的疼痛，都會隨著這場黑夜過去。

因為無論我們身處何方，我們都在飛翔——

且不會停止。

一個人的天空

「你曾獨自一人生活嗎？」

大四在荷蘭交換的時候，大概是我真正意義上過一個人的生活的時候，不再住在宿舍，與熟悉的人們分隔兩地，除了同系的同學以外，這一切都很陌生。

我所交換的學校在萊頓，是一個宜人又美好的小鎮。一開始到陌生的土地總是興高采烈的，像是闖入愛麗絲夢遊仙境那般，對一切都充滿好奇。明亮的藍天，夢幻的教堂，澄澈的運河，橋墩旁正盛開的花，人們騎著腳踏車穿梭，而步調也隨著這裡的氛圍慢了下來。

搬進宿舍的時候，為復古的歐洲建築所驚奇，好似電影一般，那裡的電梯還要用手推開第一道門。第一次宿舍輔導員帶我們來參觀時，因為我愣住，在一旁解釋著，這裡零樓就是一樓的意思，我才恍然大悟。

宿舍房間是正方形的，有一塊很大的窗戶，我鋪上灰色的床包與被套，在書桌前貼了一些台灣帶來的明信片，好讓我有一些媒介慢慢懷念。去HEMA賣場買了便宜的廚具，去附近的超市買菜，我開始研究下廚，變得精打細算。

當時的我以為出國就可以逃脫枷鎖了，活在他人眼光與期待的枷鎖。我可以變得比較自由，但自由某種程度也是枷鎖。猝不及防的自由讓我無所適從。

通常六點以後就是漫長的寂寞，台灣的朋友們睡著了，不知道是不是那裡的空氣比較乾燥，還是我的焦慮作祟，強烈的寂寞襲來，而無法填滿的時間如同永夜，晚上我常常會做很深沉的夢，早上卻沒有辦法醒來，只覺得呼吸困難，全身乾燥。

早上醒來的快樂，則是來自朋友們的訊息。歐洲的時區比較晚，看到他們延續昨晚的話題，心中的安全感油然而生。

但安全感很容易用盡，像是日復一日使用的洗髮精，需要在匱乏的時候補充，可是有時候還是會突然用完，深夜也無法去補貨。也許熟悉的環境太遠，當時我的心感覺沒有落地處，似飄在天上的氣球，漫無目的地被吹拂。距離讓自己不得不認清，原來此刻只有自己，而這樣的孤獨也讓一向習慣依賴他人的自己開始對生活有一些研究，以及實踐。

那時我想，時光是來不及品嚐的詩歌，每天要措手不及的面臨生活瑣事。

我時常騎腳踏車去購買日用品，將每一筆的花費仔細記帳，空閒時間我計畫旅遊，在日記本上寫下今日發生的大小故事，世界太過寬廣，卻沒有一件捨得放下。當然偶爾還是會去跟新朋友社交，但大多時候一個人做飯，一個人品嚐，也有一點無聊。

這時我會看向窗外，窗外的景色是靜謐的教堂，每天都能看見暮色染在天空，襯在教堂屋頂上，透露出神聖又柔和的光芒。

橘黃的夕陽美不勝收，當金光萬縷之時，總讓我暫時忘了所有湧上的不安。即便我什麼都沒有，但至少我還擁有同一片夕陽。

當生活只剩下自己能張羅時，雖然滿懷著恐懼，卻同時擁有很多選擇與自由，還不懂得獨立，或許只是害怕一個人沒辦法讓世界精彩，但其實靜下心的時候，會發覺原來每一刻世界都很精彩，只是自己沒有去留意，或是忙著讓自己的心填滿更多的情感，卻忘了自己也有能力去精準感受外在的脈動和自己的變化。

我明明那麼抗拒長大，但卻悄悄跟著日子長大了。

才明白年輕的獨立像是換新牙，
一開始可能還不習慣，
甚至感到有一些奇怪，但慢慢地，就會好了。

晚上一個人的時候，望著窗戶，
發覺除了自己的倒影以外，同一片天空，
月亮的新牙正在露出，如此明媚。

屋頂上的星星

我看過一場不會忘記的星星。

幾年前年我曾在瑞士看過一次星星，那時候周遭的住屋早就熄了燈，廣袤的夜晚裡，我總覺得天空離我很近，在頂樓上，每一顆星星都是真實的。現在的自己明明擁有身體，明明摸得著世間萬物，卻存載虛幻的歡喜與傷悲，而我想念我無垢的純真。

那時候期中考結束，我和朋友們去瑞士旅行，從荷蘭坐了八小時夜間火車才抵達瑞士。其中一天的晚上，我們住在因特拉肯，因特拉肯位於少女峰的山腳，環山又傍水，名字是Interlaken，德語即是「湖與水之間」。

該如何形容那樣的城鎮呢？只能說如同童話一般夢幻。從遠處眺望，綠色原野上遍布整齊的擁有棕色屋頂的白色房屋，蜿蜒的河川縱橫了城鎮，秋色浸染樹木的枝頭，橘黃的樹葉點綴了山林，景色宜人而空氣淩冽乾淨。

我對這個地方一見鍾情。難怪有人稱瑞士的任何一處角落拍成照片，都是最完美的明信片。

爬了一整天的山，我們回到青年旅館休息，我們三個女生住了一間六人房，當天同房的室友是在里斯本讀書的韓國女孩，也是來旅行的。她從背包掏出了一支波特葡萄酒，說要和我們一起分享，我們又驚又喜地接受了她的善意。

移動至共用空間的餐桌，大家一齊舉起玻璃杯，喊著cheers。這時其他的房客們也剛好在吃飯，於是大家開始聊起天來，興許是太熱鬧，連旅店主人也出現了，而我們分享著他珍藏的美酒。酒酣耳熱之際，主人說要帶我們一起去看星星。

「哪裡可以看得見星星啊？」

「在屋頂上。」

約莫才八點或九點，我們走到了四樓，旅店主人掏出鑰匙開最邊的那扇門，迎接我們的是寬廣的頂樓，外頭許多的燈已經暗了，我猜想到或許這邊的居民很早就熄燈休息了。當我抬頭，發現上弦月美得不像真的，而更令我難以忘懷的是一片星空。

忘了自己有多久沒有看見星星，待在台北的時候，鮮少看見這樣純淨又璀璨的星空。

在台北的時候，生活忙碌四處奔波，倒是也忘記觀賞星空。比起星空，更想先求漂亮舒適的生活。

活在五光十色的世界喧囂，追逐著城市的軟紅香土，擁有更多物質的同時也在消磨內心的純粹。

總是擁有停止不了的慾望，想買更多的東西，除了家裡給的生活費，一週還做了三天的家教，每個月多賺的零用錢就拿去購物，或是去吃昂貴的餐廳，寒暑假就可以出國玩，想要用這樣的方式展現自己過得其實不錯。金錢給人物質上的享受，卻也迷惑了心靈的純粹，陷在這樣無窮盡的慾望裡，生活彷彿剩下利益讓我感到興趣，嚮往著五光十色的虛華，我絲毫不願花時間在那些無用的事物上，我認為那些會停下我的腳步。

可這一刻，被星夜環抱著，我意識到，對比人們複雜無窮的慾望，星星永遠乾淨而永恆。

星星彷彿從遙遠的地方說話，所有的亮光彙集於眼睛，星光是無用卻最為浪漫的事物，寧靜地閃爍，明明樸實無華，卻璀璨永恆，讓我不得不開始思考自己的生命，比起標籤與名利，或許生命中永遠有更純粹美麗的事物，值得我們去看重與記得。

我告訴自己，此時此景要好好地記在心底。這無法言喻的感動，彷若生之歡喜。那一刻，我真的覺得不用再去尋找，什麼能夠填滿自己，就只要停留在這一秒感受寧靜的美好。

I feel alive again.

回台灣後，我偶爾會想起那一天。後來的我們幾個一起去了附近的酒吧續攤，隨著酒精與電子音樂的氣氛跳著舞，我們嬉鬧，笑得開懷，像是認識了好久的朋友，完全忘記了陌生與語言的距離，卻在隔天就道別了。我不經意地想著，人與人的緣分像百年前就寫好的伏筆，如果一開始她沒有邀請我們共享葡萄酒，或許我們都看不到那天的星空。

旅行或許不用賦予它任何的意義，只要心還記得，在往後的悲傷與沉悶裡，再一次召喚那樣的感動便足夠。

當我想念遠方時，我也會一併想起那天的景象。

如果遺忘了純真，不妨再看一次星空。

散落的孤單時光

1. 柏林月台

在歐洲的時候，前往另一個城市，需要搭乘火車或是FlixBus，基本上無論是選擇哪一種交通方式，都極度耗時。在那段時間我似乎一直在流浪，城市與城市之間，思緒與邊境之間。

我似乎不斷在擁有，又好像一直在迷失。可能是我太迫切了，迫切找到一個理想之地。二十初歲的時候，仍然懷揣著好奇與年輕的心地，不停尋覓著，相信這世上或許有一個遠方，是自己可以棲息的烏托邦。車與車來往之間，喜歡望向窗外。靈魂偶爾斷線，需要花一整天時間，將自己混沌的思緒連結。

那是一種自己對自己的呼喚與醒悟，對過去的懷念不捨，對未來的迷惘疑問，在這一刻，昭然若揭，隨著搖晃的列車，不停翻閱。

或許視線中見過太少世界，或許是迫切看見另外一個世界，去應證自己瑰麗的想像，或是讓世界超越自己的想像。

從阿姆斯特頓往柏林的那班列車是從深夜一路坐的DB火車，中途一共轉了三次。我隻身一人。

偶爾列車會有因為天氣、故障而停駛的可能性，其實這樣的狀況已經習慣了。但深夜列車突然延遲時，還是會擔憂，但除了看著月台的告示牌，僅僅能提醒自己不要擔心。

下一班列車我想就會來了吧。十一月，凜冽寒風幾乎要貫穿了我的身體。我又拉緊了厚重的大衣，整理了脖子上的圍巾。耳機中的音樂是我唯一忠誠的伴侶，記得要保護好手機的電，尤其在冰冷的環境中，電量耗盡得特別快。

半夢半醒之間，可能是睡得最不好的一個半夜，在凌晨之時，終於抵達了柏林。

即便柏林車站是運作的，這個碩大車站裡的攤販還沒有運作。即便天空仍是黑暗，放眼望去是壯觀的，挑高天花板由無數的鋼筋與玻璃架構而成，讓人嘆為觀止。

看得見透明天花板的方格劃分了即將破曉的天空。

一個人在異地的車站，寂寞突然變得很明亮又穩重。在陌生的地方，疲憊與興奮交織，我的心明明膽小卻在這時怡然自得。咖啡廳終於開了，我向老闆點了一杯果汁與布朗尼，這是凌晨五點的早餐，食用完以後便在桌子的角落趴下，歇息一會。人們陸陸續續進入咖啡廳，聽見他們用德文交談著。

明明是旅人，可是早晨，多幸運地可以陪這個城市一起醒來。

2. 史特拉斯堡

這是一次記憶裡短暫卻深刻非常的旅程。

剛好在同一個地方的同學沒有興趣，於是在網路上約了其他台灣留學生一起去史特拉斯堡度過十一月最後一個週末，組了一個群組，大家都是從不同的國家前來。

我們約在車站會合。在異鄉見到來自同一個地方的朋友，就算來自歐洲各地不同的區域與學校，仍然會有特別親切的感覺。我們天南地北的閒聊，都還沒有從大學畢業，聊生活與學費、聊迷茫的未來。

那是一種萍水相逢的親密感，會讓彼此以為已經認識很久了。

當初會想去法國史特拉斯堡的原因是為了具有百年歷史的聖誕市集，而事實上，這個小城鎮也完全沒有讓我失望。因為這個聖誕市集太美了。路上人滿為患，木頭色的小攤販販賣著琳瑯滿目的事物，聖誕飾品、精緻包裝的糖果、毛茸茸的泰迪熊。路邊還有兒童玩的旋轉木馬。

夜晚的時候，廣場中央有一顆巨大的聖誕樹，高達十幾公尺，那是我見過最高大的聖誕樹。上面的燈飾閃閃發光，幾乎是童話一般夢幻。往巷子裡面走，銀白的裝飾真的讓人目不轉睛，巷子與巷子之間，掛上了星星、銀球等擺飾，上頭還有聖誕紅與槲寄生。

當晚我們入住一間溫馨的Airbnb，採買了果汁、火腿，簡單的煮了番茄義大利麵，就在餐桌上享用。Airbnb的主人十分好客，他們家還有養狗，煮飯的時候，狗狗們會不停地繞過我們身旁。

半夜我們在房間裡閒聊，關於我們為什麼而來，居住的城市在哪裡，在捷克交換的男生提到，這次出來交換，除了學校的補助以外，也跟母親先借款，等畢業開始工作以後，要再把這筆錢全額還給母親。

他也有提到大學畢業後的工作計畫，他說他得趕快賺錢，就算未來的工作沉悶，但這是他必須執行的事，當下對於社會還未有觀念的我，只認為他把一切都想得如此周全徹底。

與他相比，我卻只是充滿著任性的大學生，忽然感到有點羞愧與不成熟，除了有申請獎學金以外，基本上都是靠爸爸提供的金援，才讓我在交換的旅程沒有後顧之憂，但眼前的男生，卻是為了想要看見更寬廣的世界，才會犧牲並準備了那麼多。

我才意識到，二十初歲的時候，對於還沒有擁有實際社會經驗的我們，其實交換或是成為留學生，抵達另外一個土地生活，便是一次偉大的旅程了。

為了實現心目中的景色，我們負軛前行。旅途如此，人生亦是。對於那個男生，他所背負的或許是金錢壓力，對於我來說，就是適應全然陌生的環境，並且不要被生活絆倒。

這對於當下的我來說，便是很需要勇氣的事了。

3. 科瑪爾

隔天我們前往另外一個城鎮位法國東北部的科爾馬Colmar，放眼望去，許多建築都是五彩繽紛的模樣。

在傳統市集逛街以後，和兩位朋友道別，他們要各自搭車回本來的居所，留下了彼此另一種聯繫方式，只剩下我與捷克交換生，剛好路過了戶外溜冰場，在那之前，我從來沒有去過戶外的溜冰場，當下真的興奮地手足舞蹈。

我們穿上了溜冰鞋。溜冰場的燈光很美，綠色、藍色、粉紅色，倒映交織在潔白的冰面上，我記得身體很凍，冰上很滑，耳邊傳來抒情的歌曲，此刻目光所及卻如同一場夢境絢爛。我們各自溜冰，偶爾幫彼此拍幾張照片，然後他也要走了。他是晚上九點的車。

旅行時他也曾和大家說，他之後還要去北歐看極光。

後來，他真的在群組貼了幾張北歐極光的照片。藍綠色的光芒與紫色交織著，像是那天我們去的溜冰場瞥見的光芒，卻超乎了我言語所能形容的絢麗。

我很為他感到高興，因能夠去到嚮往的地方，一直都不是很容易的事情。

他卻做到了。

一個月後，群組還有人談話，年後好像就漸漸失去了聯繫。四十八小時的時間是濃縮版本的相遇與離別，遇見新朋友再和朋友道別。也許是流浪久了，就也習以為常，珍惜相遇的時候，也相信聚散頻繁，聚散平凡，捨不得的時候，要更捨得。

那天晚上最後剩我一個人。我的車是半夜十二點的火車。聖誕市集還亮著，想說我再逛一逛，保留最後一點時光去記得這個城鎮的樣子。

路過一間看起來頗精緻的糖果店，本來想買幾顆嚐嚐。沒想到我一轉身，包包竟然撞到了透明的糖果罐，許多糖果就從罐子摔落在地上。

我頓時也慌了陣腳。緊張地走到櫃檯問老闆怎麼處理。他幫我把那些髒掉的糖果撿起來，拿到秤子上，我同時感到又羞愧又難受。我必須為我的錯誤負責，把這些打翻的糖果買下。我得到了一袋五十歐卻已經弄髒不能吃的糖果。

一走出店門，我竟然嚎啕大哭起來。像個笨蛋一樣。我覺得好委屈，當世界只剩我一個人的時候，我什麼都沒辦法做到。

總是在犯錯，一點也沒有長大。

我開始懷疑，到底為什麼要隻身來這個城鎮。為什麼要為了省錢訂那麼晚的車票，才把自己搞得如此狼狽。

那時候的我真的好孤單，卻沒有方法面對我的孤單。

自尊頓時四分五裂，我發覺只要沒有人在身旁，竟然就變得如此不堪一擊。在路上無法止住眼淚，因為不認識任何人，甚至豁出去想著丟臉也沒關係，卻又特別可憐。

歐洲的晚上，是台灣的凌晨三四點，許多朋友早就已經入睡了，我連想要訴苦也無處訴苦。最後思來想去，只好打給同是交換生，正在德國的好朋友。我只記得我一直哭，毫無邏輯的哭訴，只聽她輕聲安慰我的情緒。

她告訴我，糟糕的事情發生其實很正常，Shit happens all the time.

這代表我們會開始擁有力量去面對不如預期的事情。我們總是在抱怨歐洲發生的各種鳥事，但或許沉著地面對天外飛來的意外，也是一種成長，並且更需要勇氣。

我漸漸平靜了下來，和她說了謝謝妳。但我更想和她說的是，如果那時沒有她那通電話，或許我早就哭暈在路邊的角落。

我很軟弱，也一點都不成熟，但幸好孤單時而可以分擔，被溫暖的朋友帶走一些。但剩下一點孤單，我還是得自己看著辦。

因為離乘車的時間還長，外面還冷，我找了一間咖啡廳，點了一杯三歐元的熱可可亞。

然後我走了很長、很長的路，一個人走到火車站，在深夜十點半的時候。那大概是我記憶最深刻的月台大廳，並不是很大的車站，有些人在椅子上睡覺，有些人仍在大聲喧鬧，我找了個不顯眼的位置坐下。

回想著短短兩天看到的風景，與雲霄飛車一般大起大落的心情，靜靜等待午夜十二點的火車。

忽然很想念家，想念新竹的家，想念原有的舒適圈，想念朋友與愛人的懷裡。但那一刻，最想念的竟然是荷蘭萊頓宿舍的那張單人床。

或許一直在在遷徙，連家的概念也多了一種。灰色的床單與我的棉被，那是我偌大歐洲裡最能放鬆的角落，彷彿回到那裡，我就可以重新整頓，好好洗個熱水澡，就能刷洗掉旅程積累的塵埃，讓自己恢復平常。

明白現在只有我一個人，所以我必須保持清醒，遇到任何事，都不要慌張。當一個人的時候，能信賴的就是自己本身。

忽然明白孤單竟然也能撐起靈魂的重量。因為孤單所以堅強，因為隻身所以必須沉穩。

終於搭乘到火車的時候，我鬆了一大口氣，感受到車廂的暖氣完整地包圍了我的身體、感受得到累積一天疲憊腦海的暈暈沉沉。我試著把晚上的難受放下與釋懷，整理好隨身用品以後，輕輕閉上眼睛，路途上我睡睡醒醒，除了一絲疼痛以外，同時也感到滿足。

我等不及回到我的家了。就算曾把勇氣耗盡，但勇氣會重新生成，匯集到指尖。

而下一個旅程，我又會重新鼓起勇氣出發。

失去都只是暫時而已

有時候會害怕自己的記憶變差，因為深怕自己會忘了你的模樣。曾經我一無所有，但是因為你，讓我重新擁有了一些溫柔。

你的心是抽屜，回憶是行李，任時間多少遍經過，只要披上同一件的衣服，我都能夠想起那段回憶。和你在星空裡仰臥，和你徹夜未眠，這些記憶點滴都被我悉心收藏著。

並沒有親口告訴你，我一直是一個很害怕孤單的人，故步自封在狹窄的世界，也沒有勇氣做夢，但是遇見你以後，你告訴我，我可以努力做夢，我的膽小被你的大膽無畏支撐。在我不能夠相信的時候，是你一直沒有放棄，相信著我。

以前什麼事情都深埋心底，遇見了你以後不再三緘其口。是你讓執拗的我開始願意傾訴，也有了依賴的習慣。

對於不會開車的我來說，你開車來載我的時候，我真的很開心，我理解那些付出從來不是理所當然的，是你在努力地接待我，包容我。那時我想能夠接待彼此進入生活，照顧彼此，就是家人。

而當摩擦已經成為過往，傷口終於結痂，提起你我已經不再衝動。在許多年後，我明白在那個時間裡你是多麼的在乎我。如果只有埋怨與傷心，你會忘記，但你知道所有傷心的源頭，是因為你那麼真實的、認真的愛過。

不敢想像沒有你的我會是什麼模樣，如果有那樣的版本的平行時空，我一定比現在更不勇敢。

我知道未來我們都會有不同的人生。但生命裡，因為曾經有你，才會折射出那麼美好閃耀的光彩。你看多少烏雲遍布的日子過去，今夜仍然閃閃發亮——原來那些失去，都只是暫時而已。我們只是在不同的時空，擦肩而過。

如果我們還願意相信，我們就有機會遇見。

在夢裡，在心裡。在歲月的長河裡。

我明白失去都只是暫時而已，
你一直沒有離開過。

如果你也能真正接納自己就好了

我常常在想為什麼愛會存在於這世界上，或許是因為我們太常忘記去愛自己，所以才會有這樣的機會，讓另一個人，去愛著自己，去守護自己。

因為自己的缺口太多，太過清楚那些難看的傷疤與斑爛，所以當愛靠近，我們總是小心翼翼的承接，深怕疏漏了任何一點的愛意。但很奇妙的是，你明明可以全心全意愛另外一個人，如果我們都能愛他人了，為什麼你不能愛自己？

為什麼你不能愛自己的痛苦？
為什麼你不能愛自己的孤單？
為什麼你不能愛自己的平凡？

愛自己是永遠的難題，但如果你可以試著愛自己，或許你就能夠放過自己，放過自己也會擁有灰暗的角落，放下自己造成的傷害與頹敗，放過自己的不完美與糟糕。

如果你也能真正接納自己就好了。因為你最清楚不過，愛不了自己的人，在被愛的時候，也會極為痛苦的。

因為你太害怕那份愛是不配得的，太害怕自己不值得。所以你總是想否認，總是下意識的想將一切毀壞與丟棄，你太害怕擁有所以總是逃得遠遠，你將耳朵遮住，不聽不看，而冷漠的面容底下藏著一顆受傷的心。

可是啊，你的愛其實是可以治癒自己的。你可以撫平自己的傷口，你可以決定斷開一切枷鎖，你可以穿越重重困難，你可以因為愛而成為更好的人。

因為愛是從你身上而來的，
你一定擁有能力使用它，而且是用好的方式。

做自己的選擇

這世界告訴了你太多應該做的事。他們告訴你需要成為厲害的人，必須擁有一技之長，對這個社會有所貢獻。為了取悅這個世界，你總是汲汲營營，如履薄冰，最後讓自己傷痕累累。你想要成為那些社會定義上的成功人士，也希望自己能夠脫穎而出，變得獨一無二。

為了追求太多世俗定義的幸福，竟然讓你惹了一身的泥濘。但他們忘記告訴你，其實你有很多選擇。你忘記了你的雙眼，其實可以盛滿更多美好的事物。

我忽然聯想到，大二的時候上流行文學課，這是三學分的課，教授聊到文本，便和大家探討什麼是「做自己」。

我那時心裡想說，做自己就是要與眾不同，不要變得無趣而隨波逐流，一定要過得盛大精彩。

並沒有人舉手發表什麼，可教授似乎早已看出我們是怎麼想的，她耐人尋味地露出迷人的微笑，接著她說：「有時候做自己這件事，也是我們從流行中學來，從世界裡學來。」

現在這個世代，很多人告訴我們你要成為自己，但那樣的自己，是投射在你認同的文化底下。

所以你所認為的做自己，說不定是去效仿或是成為你崇拜的人那樣。我忽然感到當頭棒喝，忍不住記下筆記，並在內心感到羞愧。

因為一直以來，我所認為的精彩，或許一直都是以那些我認為「成功」或是「厲害」的人為典範，或許真正隨波逐流的人是我。那樣的自己也並不一定是心中真正想成為的自己。

而自己想成為的模樣，太難用寥寥幾字定義，而且通常都在每一段經行的日子中，人們會盡力選擇當下較為嚮往的模樣，但也同時容易被身旁的環境所影響。

而需要去仔細判斷的是，這樣「自己」的印象是從他人而習來、是社會期待，還是真的由心而生。

我們是否不知不覺把做自己這件事，交給社會去選擇與篩選了呢？因為希望呈現出會讓他人欣賞、羨慕甚至認同的人生，乃至於忘記自己內心的初衷。

尤其對像我這樣心猿意馬、優柔寡斷的人，更是無法忽視他人的意見，更常陷入比較或是世俗等期待的陷阱與自我不斷懷疑的關卡。

我常常不知道自己最想要什麼，於是瞻前顧後，最後夢想變成了躊躇，他人的目標卻變成了自己的期待。

但卻有一群讓我敬佩的人們，讓我看見了另一種可能。我聽過辭掉原來薪資優渥的工作，往另一個心之所向的志業發展；或是願意花時間停下來，來一場生命的冒險，去探索自己深處與偌大世界的人。

也曾看見過那些去追夢的人，他們不在乎世俗所期待的資本價值，就算比他人遲了一些，從以前到現在都堅定地走在自己軌道上，清楚自己想完成、想改變什麼的人。我打從心底覺得，他們都非常勇敢。

他們的「做自己」並不是因為這件事比較優越或是特別，而是順從心底的聲音，不要讓那些閃閃發光的獨一無二，被世界紛紛擾擾的雜音所淹沒。

愈來愈世故以後，才更明白選擇你真正想要過的生活，而不是他人期盼你的，比什麼都還困難，卻也比什麼都還重要。

最可惜的事情是徒勞一生，卻忘記自己最初的願想。生活終究是我們自己的，任何人都沒有辦法代替我們過活。如果能讓人生完整的屬於自己，充滿著各式各樣的挑戰，用盡全力不留下遺憾，多好？

因為你無法滿足整個世界，
你只能無愧於自己的信念。

雪天使

冬天的時候去了一趟奧地利。在薩爾斯堡的青年旅舍，每晚都放映著真善美這部電影，三百六十五天從來不曾間斷，我覺得是一件非常浪漫的事情。

The Sound of Music，真善美，這部電影有許多場景是在薩爾斯堡拍攝的，講述家庭教師瑪莉亞與喪偶的上校相戀的故事，過程之中，也讓七位孩子重新與父親連結，再次懂得愛、珍惜，以及如何以勇氣克服生命中的艱困。

在黑暗的放映室，與一群未曾相識的人們靜靜的看這部美麗的電影。浪漫的華爾滋，動聽的歌曲，以及夏日薩爾斯堡的景致，茵茵草原與山嵐迴旋的歌聲，冬日裡的寒冷都被薰風吹醉，斜倚在朋友的肩膀，只感到無比的安心與滿足。

白天出門的時候，望見屋頂與地面都積滿了雪，興奮得幾乎跳了起來，在路邊堆了雪人。後來午後遇上一場大雪，全身上下幾乎結冰，唯一能暫時遮蔽的地方就是教堂。

看見雪的時候就會非比尋常的快樂，當下不甚清晰，後來才發現，是因為每一次看到雪的時候，心都會變成孩子啊，明知道會被凍傷，卻還是抵擋不住去觸碰它的衝動。

第一次看見雪是小時候母親帶我去加拿大，別的記憶都沒有，只記得這一件事，因為時差的關係，我早上都呼呼大睡，只有半夜會醒來跳床，那幾天她就背著我，走了好遠好遠的路。朦朧之間，我依稀記得有座雪山在我的眼前。

後來再看見雪就是長大的事了，很久以後，換我獨自走了好多好多的路，太多時候都得記得自己逐漸邁向大人的身分，應該要獨立、自主、成熟，不能喊痛，但或許本質上自己還是個長不大的孩子，於是看見一場雪就歡笑，容易被電影感動而哭泣，以前會急著想要擺脫幼稚，但現在回頭看，原來這些童心未泯，都是自己最珍貴的純粹啊。

真善美有一首太美的歌。

“When I'm feeling sad
I simply remember my favorite things

And then I don't feel so bad."

青春之時突如其來的愛上誰，懵懵懂懂裡不小心失去誰，或是最後糊裡糊塗忘記誰，重新相信愛與善良，再一次慢慢前進，就算也曾被銳利的現實割傷，還是願意相信那些夢幻的故事，始終努力找到自己認為重要的事物，並且好好守護他們，這樣就好了。

聽這首歌的時候，我在想，什麼是我最愛的事情呢。我喜歡大雨過後的虹光，冬日裡的暖陽，湛藍澄澈的海洋，街頭瞇著眼的貓咪，始終屹立不搖的橋墩，夜晚靜靜守護街道的路燈，黑糖鮮奶裡的珍珠，牛奶口味的巧克力與草莓鮮奶油蛋糕，但比起這些，我最喜歡、最喜歡的事情還是你。

想到你的時候，我能忘卻所有難受的一切。看見你的時候，所有的悲傷都不在意了。

所以在歐洲的日子，我的感受總是特別矛盾，明明來到了夢寐以求的地方，卻又無法全心全意投入，我享受著這裡，心卻分割在那些無法看見的事物，既是快樂，也同時有悲傷，那樣兩極的拉扯著我。

那幾天，我跟同行的友人E，也從薩爾斯堡去了奧地利與德國邊界，搭了大約四十分鐘的公車，看見我從未見過的景色。在那之前，我從沒有想過我會來到那麼遙遠的地方，這裡不是台北，也不是萊頓，眼前皆是白雪皚皚，我只能專注在這一刻。

每次旅行的時候，我都會感受自己剝離，從本來溫潤的生活中逃跑，必須馬上適應另一個世界。

旅伴是高中好朋友E，雖然在不同大學，因為同個時段一起來交換的緣故，我們已經一起旅行很多次。之前我曾經在柏林生病發燒，她早晨在我還沒睡醒的時候，煮了一碗湯給我喝。對我來說，就是寒冷裡的暖流。

那天天氣特別冷，我們都將全身穿戴保暖，我著了一身白色大衣，她穿黑色的大衣，都戴著手套。和她一起去旅行，像是空氣一樣習慣，我們擁有同樣的默契，兩個人輪流查路，一個人如果發呆，另一個人就會提醒要下站。

剛到國王湖的時候，不敢相信自己的雙眼。壯闊的湖水卻清澈無比，旁邊的山被雪覆蓋得典雅，連小木屋的屋頂都有一層積雪，而腳下的地面都被厚實的白雪覆蓋住。

我們在地上挖雪，我輕輕向她丟了幾個雪球，我們嬉笑，在這廣闊卻又寂寥之處，好像不管做什麼事情，都是自由的。

本來我的個性在哪裡都會感到焦慮，我會擔心很多事情，擔心回家必須面臨的現實問題，擔心自己的未來沒有著落，擔心那些我愛的人，他們是否平安、他們是否也會和我一樣充滿思念？

E跟我在那段時間常常聊到，我們對未來與過去的看法，關於學校與志趣、關於人際與家裡，但幸好，那時候我們沒有忽略最重要的，就是這個當下。

在那個瞬間，我好像可以放下一切焦慮與牽掛，不再過度思念與煩惱，坦然接受身旁正在發生的一切。我躺在雪地上，學著電影的樣子，做成雪天使的模樣，我想，我正在經歷無法重來的幸福。

雪天使的姿勢，是上下滑動手臂，讓雪地行成一個天使的輪廓，在小的時候，我偶爾會想像如果自己是天使的話，是不是能到處飛翔呢，但一直無法理解那會是什麼樣的心情，也許因為我壓根兒不是天使，而是有靈有肉與溫度的人類。而在地上的天堂，或許就是在乎的人的身邊。

明明手指與腳掌都快凍僵，毫無知覺，我還是艱難地想要拿出單眼相機，看見朋友在笑，抓緊時間，記錄下這些畫面。

一切都變得豁然開朗，我好像理解了為什麼我此刻在這裡，為了記得，為了感受，幸運的是，還有人陪你一同感受急凍的溫度，還有不小心沾到臉的雪片。

我們、冬季、國王湖。未來還有機會來嗎？或許看看春天綠草如茵的景緻，再捕捉湖面另外一種風情。

我不知道。我只能抓住稍縱即逝的幸福，並且相信，以後的我們，也能夠回憶此刻的溫柔心境。

就算尚未完全參透這個世界的秘密，我們終究是要回去的，可在融化以前，我們的心都比雪還綿密……

所有枝微末節的感受就是生活的禮物。
而我們記得，就可以永遠攜帶在身邊。

你是特別的女孩

在巴黎的第一天，造訪了莎士比亞書店。這間赫赫有名的書店除了曾有接待過大文豪海明威的盛名，更曾經在電影《愛在日落巴黎時》出現過，這是我非常熱愛的電影。

當時Jesse與Céline一別九年，九年後Jesse已然成為作家，在書店演講時遇見了剛好來造訪的Céline。

從初遇時無可避免的情愫到再次的邂逅，都是那麼不可思議，像是命中注定一樣，他們注定會再次遇見彼此。最印象深刻的臺詞是Jesse說的。

“I think I wrote it, in a way, to try to find you.”

「我想，我寫這本書是為了遇見你。」

而我也帶著浪漫而難以言喻的憧憬來到了這裡，位於塞納河畔左岸，有著墨綠色的招牌，裡面的每一處都十足用心，古董的色調，古色古香的書架，處處都能發現驚喜的書店。

想像著電影裡的爵士配樂，走上了二樓，卻發覺有鋼琴的聲音，飛躍於琴鍵上的美麗旋律深深地吸引著我，忍不住一探究竟。手持著一本關於愛的詩集，旁邊有隻在安睡的橘色貓咪。

後來發現和我一起聽的婦人走到鋼琴旁，從她與其他人的對話中聽見她說自己重新剛學鋼琴半年，她仔細的將譜放好，彈了一首《給愛麗絲》，雖然不是完美，有初學者的遲疑，但卻非常的真誠與純粹，在一旁的我忍不住拍了手，我和她說，你做得很好。

和她稍微交談一下後，知道了她的名字叫Cathy，她從美國過來旅遊，這也是她第一次來到巴黎，我提及自己小時候也學過鋼琴，但學得不精，也很多年沒彈了，也許現在沒辦法彈了，她卻拿出了「I Love Paris」的樂譜，和我說，就算只彈上排也好，我相信你能做到的。

於是我在她的鼓勵下努力的彈了一段。我知道我彈的不好。

可是，她卻說她看了好感動。

她說她六十歲的時候決定學鋼琴，她就去做了。後來，她送我兩張明信片，關於書店與那隻貓的，我們交換了電子郵件，約好了要一起練習鋼琴，將來都能學會「I Love Paris」這首歌。

後來，我在郵件裡寫到了我的夢想，我說她提醒了我，保有熱情其實是一件很簡單的事。回信裡她提到，她也剛好和我有相似的夢想，她也想成為一個作家，想寫很多短篇小說。我總是那麼三分鐘熱度，從沒有堅持什麼事情，從小在父母栽培下所學習的鋼琴、繪畫都只是虎頭蛇尾。真要說有一件我願意堅持的事情，只剩下寫作了。那麼多次因為氣餒，因為不夠好，多想要放棄，終究還是放不下對它的熱愛。

多麼神奇啊，我們是多麼不一樣的人，來自不一樣的地方，無論年紀與經歷都不相似，卻可以一拍即合，一見如故。在那以後，我們交換過幾遍電子郵件。信裡她告訴我，她認為遇到我真的是很特別的經驗，讓來巴黎的旅程，多了一道值得回憶的事情。

似乎永遠不會忘記，在臨別時她給我了一個溫暖的擁抱。

"You are a very lovely girl. I am so lucky to meet you."

所有的相遇都是有意義的，即便短暫。而她教會了我永遠不要害怕追求所愛。

這已是好久以前的事了，記憶每每魚目混珠，太多精彩盤雜錯綜，時間翻湧太久，也許是太過忙碌，後來沒有再有機會持續回信，失去聯繫以後，我衷心希望她也能夠過得很好。

但每次想到明明在陌生的環境裡，卻還能被投擲善意，是一件多麼幸運的事情。

被別人稱作特別，是一件多麼幸運與珍貴的事情呢，不過特別的並不是我，而是對方願意選擇用這樣純粹真摯的目光，看待平凡的我。

這世界上成千上萬的人們，都各有自己的獨一無二，也有太多美好的人，我們不曾遇見。只是會成為「特別的人」，是因為命運多寬容，選擇讓我們遇見了彼此。

謝謝那些願意使你變得特別的人。

生命兜兜轉轉，陽光忽明忽暗。歲月匆忙了腳步，還是無法輕易停下，我們一直在遇見更盛大的世界，還有更多深刻的故事。

但會這麼清楚地記得，巴黎梧桐樹下，塞納河畔旁，一直藏著當時我們的笑聲。

在所有離別聚散裡，有那麼晴朗的一天。

帶走無法重來的美麗

當交換學生即將結束，從荷蘭離開前兩天，我在阿姆斯特丹，只為了看看那些熟悉卻不一定能再見到的事物。阿姆斯特丹是荷蘭的市中心，每一次如果有朋友來造訪荷蘭，一定會帶他們在市中心逛一圈。如果要坐飛機去往別的城市，我也一定會經過這裡。

在這裡有太多美好的回憶，與他人的，與自己的。在市區漫無目的的兜轉，那天的天色有點陰，天色霧濛濛的，白藍色的列車經行。

倒數第二天，我一個人去看了展覽。那天的展覽剛好與天色相反，主題是「Feast For the Eyes」，以生活中的常見的食物為主體與鮮麗濃豔的色彩結合，還有一些綺麗的想像。

有蘋果被子彈穿越、有加了藍莓、蔓越梅優格的照片，那是在荷蘭咖啡廳很常看見的餐點，平凡中卻因為巧思誕生驚奇，我想，這或許就是藝術家過於常人之處吧。歐洲四處都是美術館，當地的人們也都養成了到美術館觀展的習慣，無論男女老少，他們湊近藝術品面前，仔細的欣賞。

那半年我發現自己的變化。過往我對於一些無關於功利（例如讀書、工作）之事，總是操之過急，沒什麼耐心。但在這個環境，我忽然變得緩慢，觀察變成生活中重要的事，當一旁都是陌生的語言與文本時，唯一能做的就是，摒棄所有成見與雜念，留心的去聽與看。

大概待了一個多小時，我走出美術館，運河還是那樣掀起小小的波瀾，一旁沒有葉子的樹上掛的燈飾都亮了，銀白與黃色的光芒倒映在下過雨的路面，彷彿擁有兩個對映的世界。

一切都那麼如常，卻有那麼一點捨不得。在這裡我學會了安靜，學會把情緒收起，所以跟這個城鎮、這個土地告別時，我也覺得正在打包自己，打包那些沉重與美麗的記憶。

因為時間是有限的，而當回望以後，你會發覺所經歷的一切記憶與曾經，會成為你身上的故事，正因為無法人們重新再執筆改寫，所以才如此珍貴。

很奇妙的是，就算時間曾經給你痛楚，也給了你至高無上的喜悅。

我想起了一開始抵達荷蘭的心情，一切都是那麼陌生與不熟悉。所有風景都美不勝收，順著橋墩望去，有些建築宏偉壯闊，而人們所居住的房屋則鮮豔繽紛、可愛討喜。我的心底充斥著自由與好奇，可當雨開始下，新鮮感褪去，憂愁與不安又頻頻湧上。

我想到每個無言不安的夜，我總是失眠，又會忽然驚醒，被乾燥到不行的冷空氣給嗆住。

那半年大概是我忽然長大最多的時候，開始做飯，開始記帳，但當時我還不能理解這些事的意義是什麼，總覺得沿途摔跌，沿途學習，而過程好辛苦。

在宿舍居住的期間，我其實寫了很多明信片，寄給朋友們，我想要擁有一個連結，是距離與時間都撕不斷的連結，我想傳達的其實很簡單，即是深不見底的想念。

很多人和我說過，交換學生就像是一場夢，你終究要回到本來的現實。如果我終究要回去，為什麼我要出走？

畢竟在另一個地方，總是會錯過很多，錯過和朋友們一起長大、錯過考碩士、錯過能陪戀人一起的時光。

後來我得到了一個答案，也許我正在尋找自己與完整自己。一直以來，我是一個沒有陪伴就六神無主，甚至沒有辦法自理生活的人。

而在這裡，我竟然開始蛻變，我好像也可以不依賴什麼，靠著自己的力量活著。每一次我拉行李前往不同的地方，都會有點吃力，因為不免會經過石板路，有時候甚至要扛兩個行李箱。陰雨連綿的日子裡，入境隨俗，習慣不開傘也能騎腳車到學校了。在列車上睡覺時，設定了鬧鐘提醒，不讓自己錯過了轉車的時間。

一路上看見了偉大的建築，理解了有些地方曾經藏有歷史積累的滄桑與更迭、整個時代的懊悔與甦醒、文化的匯聚與分離，過程中，我嘗試與不同人交談，以及理解不同人們的語言。我嘗試用相機記錄下那麼多美麗的瞬間，保存那些腦海無法完全記得的畫面。

在異地生活，感到孤獨與恐懼的時候太多了，卻也在這裡強烈地感受到自己的存在，感受得到隱含在內在的力量湧現，原來自己可以做得到那麼多事情。

而這個過程，遇見了太多不同的人。有過遇見文化差異，而感到沮喪的時候；也有人在你羞赧不知道如何表達的時候，主動在聚會上給你一個溫暖的擁抱。

在無數的文化與世界交織底下，當言語感受到隔閡，難以清楚表達的時候，我好像能用眼睛看到更多事物，傾聽到我不曾理解的細節。

那時候帶走的是富饒的記憶，是所有言語無法形容的美麗風景，最重要的是所有過程裡所遇見的自己。

好像還能夠看見週末在河堤旁邊，陽光傾瀉在湖面上，和朋友們啜飲完巧克力磚泡熱牛奶，我們一直走，發現大家都在湖面上愜意的划船，他們泛著微紅的臉頰，捧著酒杯與香檳，把夏天收藏至自己的懷裡。

也看見了那場覆蓋了荷蘭的初雪，我知道每年初雪僅有一次，沒有預料到卻在午夜裡飄逸，我們不早不晚，正好趕上了。女孩們在半夜裡呼朋引伴，換上了大衣，我們在深夜裡遊蕩，偷偷在他人車上積雪畫上笑臉，玩得不亦樂乎。

這些都是無法重新經歷的美麗，關於所有人事時地物的獨特組合，曾經在你的身上掀起了陣陣漣漪，就算再也沒有辦法回到那一刻，回想起來時，仍然熱淚盈眶。

很多人會是你短暫的依靠，萍水相逢的知己，但某一天，你就要清醒，生命是每一個人必須書寫的故事，你為了他人添上了色彩。而最重要的是，那些路途與你遇到的任何事物，都會成為你的一部分。

因此當我站在不知道經過多少次的阿姆斯特丹機場，即便充滿著滿懷的不捨，我向這一切幸運輕輕的道別。

印象仍然深刻，從飛機起飛的那一刻，我的心是充滿著感謝與期待。

感謝自己曾經到來，並且由衷期待未來，我會是什麼模樣呢？

因為啊，生命中還有很多故事需要去寫下呢……

輯二

相遇的花火

有時候我不太敢下筆寫你
因為你是太耀眼的人
你的心如此純潔
愛得乾淨

不像我一身狼狽
沿途磕絆
不停流浪

或許是
這樣的春光太好

我開始卸下心防
躺臥在你的懷裡

黑洞離我太近
我多害怕
又一次掉進深淵
你卻告訴我
沒有人是完美的
但此處有愛
我可以信

也許你的羽翼
早已遮住我的一切污穢

不是為了你的喜歡

不是為了你，而刻意先預留自己的時間。只是剛好也需要散散心，或許你也覺得生活苦悶，或許需要有一個人陪伴。

不是為了你，變得與你相似，不過是剛好覺得你說話的方式很可愛，我也想要在誰的眼中，學習你的美好可愛。

不是為了吸引你的注意力，開始和你聽同一首歌。我想有時候我只是想理解你而已，理解你沒有發布在任何社群媒體的心情。

不是為了能得到你的讚賞才對待你溫柔，而是在我想要獲得什麼之前，身體就已經先行動了。

你在我身邊的時候，我忍不住把全部都掏出來。

我看見了蝴蝶飛出峽谷，雲朵華美的坍塌，高樓大廈如奶油融化，我的心臟在微微顫抖。我是荒蕪的草原，而你是明亮的月光，在寂寞的面前，你就是唯一的歸途。我望見了歲月的河在不停流淌，原來心碎與快樂是這麼接近，甚至可以同時並存。

明明一開始我喜歡你，不是為了你的喜歡。但為何喜歡你的時候，卻仍渴望你的喜歡？

但相信我，我所做的一切，不是為了你的喜歡，或許只是想要不管如何，你都會與我有一點共通性，你可能就是刻在我身上的命運，直到撥雲見日以前都想要靠近你。

那麼後來你遠走他方，
你選擇去愛誰，都沒有關係了。
當不遺餘力喜歡你的時候，
我已經完成遇見你時我的使命了。

倏忽永恆

一瞬間燦爛的花火，在終將凋零的夏天，讓你相信短暫的事物才是永恆。

自然界所有的事物都不是不變的，而在滅亡與逝去裡反覆重生。你見過月升月落、星星燃燒；你也看過草木枯榮，歲月遞嬗。宇宙不斷地膨脹與延伸，也有科學家提出，宇宙終結的可能性，到時候會是一場虛無的黑暗。

正因為時光流逝，那些失去的時間，無法再改變，稱之為永恆。或許我們遇見的人，也成為了我們的永恆。

那一年學校的活動，遠處遊樂園的燈光五光十色，背景音樂是五月天的星空，激昂又刺痛地迴響著：

那一年我們望著星空　有那麼多的　燦爛的夢
至少回憶　會永久像不變星空　陪著我

那是我閉上眼，最懷念卻永遠回不來的畫面。所有的緣分堆疊，剛好我就站在你的旁邊。我只記得心臟跳得飛快，我絲毫不敢看你的眼睛。

我很害怕你一眼就看穿我所有的欽慕。

當時不以為然，只認為是愛戀的開始，並不知道青春的愛都是餘生最美的遺物。

那一晚天上究竟有沒有星星，我已經記不清了，但我記得望著你側臉的時候，我感覺到生命，感覺到喜悅與痛苦，感覺撕心裂肺，感覺自己正為一個人活著。

我沒有告訴你，我就這麼無可救藥地愛上你了。

那時候的日子好緩慢與安靜，讓我悄無生息又恣意妄為地喜歡著你，又悲又喜；後來也有那麼多的日子，我也喜歡上別人，但卻不曾有人替代你的位置。

你在我的心裡是不曾坍塌的永恆。

就算我不再喜歡你，你仍是星星和夢，是夏日花火，是所有愛的源頭。

後來許多年以後。

失去了時間，失去了聯絡，失去了青春，我不再是當年的少女，不再提起你的名字。失去的同時也一遍又一遍在記憶深處裡複習，反覆點亮那年最美的夏夜。

多麼哀傷，沒有人能夠留住時間；可多麼幸運，沒有人能夠留住時間。如人們有無限的時間，那麼永恆這個概念即不復存在。活著終有一天得要面對死亡與凋零，正在消逝的我們，卻能構成永恆。

僅有一次的生命花火裡，
我遇見過你，那就是我對於永恆的定義。
無論經過了多少時間，都沒有辦法改變——
我愛過你。

愛開始的時候

當愛來的時候，其實什麼也擋不住，命運般的糾纏總是無法言喻。像是午後的暴風雨，心動總是在電光火石之間，不給你任何時間準備與思考。

愛往往不知道從何開始，當自己沉甸甸的想念愈發沉重，已經無法阻止，才能理解愛早已經埋藏在自己的命運裡。

它源自於一些微小的細節，像是走廊裡偶然的巧遇，像是他回覆你訊息的方式，像是偶然間釋出的善意，他和你相似的地方、他和你相反的地方，還有他眼睛裡流光溢彩的模樣，看似無跡可尋卻也無處不在。

有些人即時對愛做出了回應，孤注一擲，決定揮霍勇氣；可有些人，總是太晚才知曉愛情，等到明白以後，愛卻早已成為追憶。

你第一次出現在我面前時，我還不明白原來會有更深的緣分，將你與我深深地羈絆。

一開始只是欣賞，甚至我也沒有多想，直到相處的時候，才意識到你的成熟跟我的幼稚碰撞在一起，卻有一種自然的快樂感。

記得和你走在操場的時候，無論走了幾圈，還是想和你多待一下，你彷彿就是我混亂世界的清明，尋尋覓覓缺失許久的那塊拼圖。

何其幸運，因為當時眼前的人是你，才沒有讓愛的可能性消失。愛的感覺往往不是追求而來的，而是本能地降臨在自己的生命。

我想後來，我們慢慢有了愛人的樣子了。

你知道我所有的故事，知道我表情裡面的忍耐，你知道我不吃的所有食物。而我知道你的小執拗，我知道你遙不可及的理想，我知道你不貪愛物質，你說生命單純即是美麗。

你知道我害怕寂寞，害怕黑夜與噩夢，你知道生活有時候，兩個人能夠更好。

我知道我們不完美，但是難分難捨，就像床頭成對，那些日子一起買的泰迪熊。你知道我們永遠會是心頭來不及流的淚水，也是彼此破涕而笑的原因。

因為你比我還懂得愛，所以每一次破碎的時候，你都會拾起我已經散亂的碎片，將我重新完整。

混沌多變的世界，也因為你的愛熠熠發光。
謝謝你讓這份開始的愛，延續了下來。
而我的生命延續在你愛的目光裡，
如此，我便不畏懼走到終結。

相愛的機率

心裡想著一個人的時候，連在超市的走道挑選明天的早餐時，也會暗自期待，能夠在下一個轉角遇到他。

相愛的機率如此渺小，為何人們還是前仆後繼，無所不用其極。

你開始故意挑選和他同一堂課，去吃他喜歡的餐廳，若無其事地製造巧遇；聆聽他喜歡的音樂，研究他說過的那部電影，讓他認定相見恨晚地不可思議——即便這些努力算得上好感，都不能帶來命中注定的愛情。

算得了機率，也知道愛的發生需要時機，卻多希望命運，能夠打破一切的既定規則，讓他來到自己的身邊。

但如果怎麼樣祈禱，他還是不來，那麼推給命運，就不會傷心了吧。

原來相愛的機率太微乎其微，只剩下天衣無縫的失之交臂。

有些故事是沒有選擇的，因為命運已經幫我們選擇了。

恰如其時的相遇

和你的相遇說來特別。

我們一開始是因為一本書相遇，仍記得那時候是炎熱的暑假，你回應了我的動態，你說，你也喜歡這本詩集。於是開啟了我們的對話，在無遠弗屆的網路裡遇見。

在數位化卻仍充滿浪漫情懷的對話框裡，我們討論那些浪漫電影，交談過不願告人的秘密與痛苦，想像過最遙不可及又瘋狂無比的夢想，卻也同時踏進真實又狼狽的未來，摔倒過後，再一起拉彼此前進。

我們對愛、對生活一直有那麼不安定的感覺，才覺得時間既短暫又漫長。浮世之間到底有什麼永恆呢？或許沒有，擁有一樣疑惑的我們，因此更能理解關係的脆弱。我們都渴望被愛，卻又無法輕易相信。

後來……緣分又將我們帶到了同一頁，我們終於在同一個城市生活著，我們都那麼忙碌，偶爾失聯，偶爾浮現，或近或遠，Soulmate這個詞彙在你身上那麼符合，好像我不用把話說完，你就能理解我的心情。

第一次在咖啡廳與你真正相見的時候，凝視你切著蛋糕的那時候，我就明白，你是會和我合得來的人。

「我們一定會是很好的朋友。」你也和我想的如出一徹，有些許緊張，卻是那麼可愛的人，眨著眼睛裡有琉璃的光彩。

你安靜，而我聒噪，但你的善良剛好包裹我的尖銳，你的緩慢拉住了我的急躁。或許我是明明晴朗卻帶著悲傷的人，但你的悲傷裡卻有晴朗，那是無法替代的。其實我一直想和你說，你那麼特別，一定會深深被愛著的。

你說會一直記得那些脆弱甚至搖搖欲墜的夜晚，將彼此的所有全盤托出，那樣的赤裸卻又安心。其實我沒有說的是，我很謝謝你進入我的生活中。

我曾經有一段時間都在潰堤邊緣，當和你訴苦的時候，你沒有閃過任何的猶豫，就選擇陪在我的身邊，讓我的傷心有了著落之處。你輕柔的言語安撫了混亂而無助的我，陪我熬過最艱難的夜晚。

接不住自己的時候，我相信你可以接住我。因為你是最溫煦的晴朗，只願自己也能成為你自由翱翔的天空。

親愛的，我們相遇的時間真的是太恰好了。但更好的是，你沒有留在最美好卻會逝去的記憶裡，你選擇與我往前走，並肩一起走著，繼續寫下滴滴點點的故事。

看見過那麼美好的你，

所以我想親眼見證，

以後的你，也必然會發光。

妳治好了我的失眠

那是幾年前的事情了。我曾經連續失眠快一個月。以前我其實不常失眠，但有一陣子我卻沒有一天睡得好。翻來覆去，在沒有人的星球逡巡，我的膽子小，害怕黑夜吞噬掉我的理智。我忽然打給妳的時候妳一定嚇到了，主動並不是我的風格，也驚擾了妳日常的寧靜。

這麼說不知道是不是合宜，妳的晚睡治好了我的失眠。如果沒有遇見妳的話，或許我還深陷在那孤獨囹圄。

或許妳不敢相信，有時候就算不用見到妳，我就能理解你的心情，那像是一種來自宇宙最深層的共鳴。就像妳送給我的信紙，妳說，就算旁人不能理解，也沒有關係。

愛逞強的我可以在妳的面前哭泣，擁抱妳就是我的精神泉源。沒有辦法成為世界所希冀的一部分，也能夠成為妳心裡的一塊柔軟。

有時候也會在時間的碎片裡斷訊，所幸命運是接線生，將會連結心意相通的人們，我知道，就算也有沉默的時候，只要我再努力一點敲門，總是能夠看見妳打開門扉，以笑臉迎接我。

明白妳不喜歡千篇一律的對白，那希望像皮卡丘一樣，我永遠可以在妳傷心的時候出現，戰勝每一次的疼痛。無論距離近還是遠，無論妳像我，還是我像妳。

和妳一起去看過《愛在破曉黎明時》，是我很喜歡的電影，但也喜歡和我相似的妳。作為朋友，我想，我們的相遇已經太不可思議。

說來讓我害臊，不過希望妳一直好好的，幸福與快樂地活著。

或許也已經說過很多次，但我愛妳。

你不再出現以後

曾經以為屋子很小。你不再出現以後，屋子忽然變得很大。城市偶爾會出現窸窸窣窣的聲音。思念的時候，時間暫停了，我只能埋在被窩的深處，想念你的模樣，任由眼淚恣意流下。

熄燈以後，當孤獨開始撲天蓋地，我變得軟弱無助。屋子裡有模糊的筆跡、褪色的照片、陳舊的時光，我想要去證明，你曾經往來過我的世界，不只在不夠牢固的記憶裡。

物是人非，想念卻歷久彌新。我才明白，我不需要華麗的屋子、不需要鮮花，甚至不需要肉體。

家徒四壁也沒關係，我想要穿越這道白牆，就能看見你的笑容。

你能回來嗎？在迴廊裡，只要有那清脆風鈴的聲音響起，我會知道那是你。

請你不要只在夢醒時分裡，
請你出現在我的面前，
我需要你，比任何人都還想要擁抱你。

一封給你的情書

「沒有永恆的事，但我相信你出現的時間，都讓時間有了意義。有時候我們不理解彼此，這是合情合理的，因為我們畢竟是兩個人，來自不同的背景與生活環境，我們又怎能完整的接納對方呢？

生活遍布荊棘與衝突，我們只能不斷試著拉著彼此。我試著用你的目光去解讀任何事，才發現你的寬廣把我的狹隘都襯得一覽無遺。但你很懂我，爭風吃醋或是偶爾你不願看見的傷心，也都是因為愛。

我知道我並不夠好，愛的軟肋有時候是因為貪婪，有時候是因為習慣。但每一天，我都會試著留在你的身邊。

告訴你一個秘密，時至今日，我還是覺得沒有人有像你一樣乾淨的眼睛。所以從你的瞳孔裡看見我的倒影的瞬間，我都會驚訝。原來愛可以是一件那麼純粹的事，僅僅是凝望就可以滿足。

但我們終究是人，不可能沒有雜質，不可能沒有那些給過彼此的苦痛與難堪，但你總說，那些不快樂眨掉就好了，就像海灘邊吹風，眼睛吃沙子一樣，就算有流淚的時候，我們會好的。

第一次靠近你的那天，我記得天上有星光燦爛。可有些過往如果連我們都不記得了，你還是會帶我往未來前進，或許我也可以成為帶你往前的人。

親愛的，我每天都要跟你談愛，只願你的生命裡不要有苦難，永遠健康與平安。」

都會是我的一部分

有時候朋友們很像是旅伴，在遇到以後經過密集時間的相處，了解彼此的習性，或許還能知道彼此最深處的好壞與秘密。

朋友之間，總是會有瘋狂與荒謬的時候。大三的時候，跟大學朋友T兩個人去日本玩，那是我第一次離開家自己出國規劃旅程，因為是十天的旅程，我們寫了滿滿的計畫。

後來想想我們實在是排得太滿了，從大阪到東京。一起旅行的時候，彼此的情緒其實都很滿溢，她一定很受不了我，我總是晚起，又很容易把東西弄亂，毫無章法。而雖然她總是板著臉告誡我，最後還是會笑著原諒我。

有個下午在綠樹成蔭的鴨川，我們坐在河堤邊，那天天氣其實沒有很晴朗，河面卻依然清澈無邊。我們聊到接下來要出國的煩惱，空氣十分悶熱，感覺得到身體緩緩地沁出汗水，我記得那一刻的感覺，夏天再過一個月就要結束了，好像快要長大了，不知道未來正在等待我們的會是什麼。

明明當下身體在旅行，我們卻不得不焦慮，關於洶湧的未來與迷茫的自己。記得當下被炎熱的空氣包圍，皮膚沁出汗水的細膩感受。比起太遙遠的未來，其實我正在思考的是，等一下是不是要去買個道地的抹茶冰淇淋，讓對方的心情好起來。

在青春歲月裡，我們還不太了解世界，也只能用自己的眼睛去見證。但沒有關係，至少在身旁，有一起並肩的朋友。我們總會在漫長時間中支撐彼此走一段路。後來我翻到那些一起去旅行的照片，都會很想念那時候的溫度，那時候的夏日，還有她臉上無憂無慮的笑容。那個夏天我們看見了三次煙火，一次在大阪、一次在隅田川，一次在東京迪士尼。

那時我們也同時找了在日本的朋友，一起去看花火大會，一旁有販賣小吃的攤販，人們換上了華美的浴衣，我們買了一些炸物，擁擠的河岸旁人們熙來攘往，我們牽著手移動，必須找到能看天空的一角。一切就像是電影裡曾觀賞過的花火大會。

找到位置後，我們幾個人席地而坐。一邊聊天，一邊期待接下來會看見的景致，忽然間，煙火就綻放了。眾人紛紛抬起頭，而映入眼簾的一切都盛大而輝煌。

煙火從低處迅速升至高空，不顧一切地綻放光亮，每個瞬間，皆美麗的讓人無法言語，金黃的花火拉曳出弧線，在夜空中劃下了完美的弧度。

好多事情在那以後都變了……卻好像從來沒有更改。情感與記憶被收放在永恆的寶箱裡，只要一打開，仍然能夠想起當天花火的燦爛。煙火在上頭炸開，浮生若夢，我們卻在此刻相聚。

怎麼能不愛那一瞬間結束的事物，一瞬間竟然永遠的讓人泫然欲泣。

七彩絢爛的花火所帶來的悸動，不管怎麼樣都無法忘記與割捨。

或許那段充滿著色澤的日子就是青春。和朋友們毫無顧忌的生活，在自己尚未意識到時，早就一起寫下明媚而動人的回憶。

心如果有相連，記憶定是繩子，串起每一個緣分與重要之人。

■

記得在歐洲交換學生，學期末將要結束時，我第一次拿到了極差的成績，當時上網查詢發現某一科的成績不及格。心想著獎學金大概就要撲空了，該怎麼辦，心情既焦慮又慌張。從旅行中回來宿舍的路上，還沒有辦法調整好我的情緒，惴惴不安。到宿舍時，我按照慣例檢查了信箱，發現了一張小小的信紙，特別精緻，是朋友寄來的。

一到樓上，我迅速地拆開了信，我永遠忘不了那個心情。她信中寫著一些問候的話語以外，祝福我聖誕節快樂，並在最後寫說，寫著長篇的手寫信，就像是「家書」，是只有重要的存在，她才會那麼稱呼的。

讀到這裡，壓抑許久眼淚忍不住奪出眼眶，心臟跳得飛快。或許是因為我離開家鄉太久了，或許是我被這封信深深的安慰了，那是一種喜極而泣又感動至極的感受。

我哭了好久、好久。對這樣破碎又寂寞的我來說，朋友就像是家人一樣的存在，我知道我能夠倚靠。因為太得來不易了，所以特別感謝。

謝謝朋友總是能夠在我最需要的時候，成為我的膀臂。

■

有時候隔幾個月見到好久不見的朋友，我都會特別黏人，因為不知道下一次見面會是什麼時候了。和他們說最近發生的低潮與快樂，問問對方最近過得如何，或許一起懷念我們曾經度過的生活與故事。

每個人都有自己的人生、選擇，與需要去的遠方。每個人都有權利選擇度過生活的方式，很多時候，我們只是在故事的交集裡相遇。

和朋友相處有時候最後記憶的剪影，就是在搖搖晃晃的捷運上，因為通常分別之前，各自回家前，還會一起坐捷運。

那時看到一個好久不見的朋友，我的心感到酸澀至極，卻也同時溫暖異常，我知道接下來他要去更遙遠的地方了。我不喜歡任何形式的道別，可是啊，道別卻是人們無法對抗的常態。

「我是真的很開心，現在的你更加快樂了。」我和他這樣說著。鼻子忍不住一酸，我努力控制著我想要哭泣的欲望。

「你過得快樂，我就會過得快樂。」

「那麼在下次見面之前，要記得照顧好自己。」

然後下站之前，我總是忍不住往回望，用力地揮揮手，想要好好記得對方的樣子。

喜歡朋友的原因，是因為知道，無論如何，走得再遙遠，他們都會是我的一部分。

我們是一起長大的，一起在最遙遠又最近的地方，守護著彼此的堅持，看過彼此在青春裡的笨拙與純真，更看見奮力振翅的成蝶飛翔。

我開始留念每一刻，帶著拍立得，好好記下每個人的模樣。只要存在心裡，存在腦海，就永遠不會遺失了。

我知道有一天還會再見到更美好的你，
而我隨時歡迎你回來我的懷裡。

所以就算會有揮手道別的一天，
我知道，其實沒有所謂的真正分別。

希望你明白，對我來說，
你早已經成為我的一部分了。

傷害也是愛的一環

宇宙孤單
不介意
再看一次日落
陪她複習純真
浪費美好年華

早就知道
玫瑰有刺
你卻勇敢擁抱
你說，愛就是這樣
傷害
也是靠近的一種
刺痛鑲在柔軟的心
無怨無悔

你接受她的壞
不是為了
被同樣疼惜
而是讓她明白
什麼模樣
都值得被愛

長大以後
你肯定的說：
「我知道自己真實愛過。」
她的眼淚滴在你心上
像是永遠的花園
不再枯萎

一輩子

這樣說或許很奇怪，但我想可以一輩子低調的愛一個人，我可以不要讓你知道，你一直都是我欲言又止的秘密，你更是我不願意出賣的故事。

你可以是落日，或者是晨曦，你可以是回家走的那條路，可以是沒有拍攝下的那張照片，可以是你在飛機上瞥見的霞光萬道。

我偷了你頎長的影子，裝飾我單調的夢境。我沒有告訴你，什麼是心動一剎那的證據，你給我最輕描淡寫的吻，卻是一輩子最隱晦的熱愛。

你在每個遺忘之間更加清晰，你屬於我心裡最不可取代的位置。如果人的一生都是無可重來，最美的電影，我想我會在生命最後的瞬間想起你。

我們就可以在漸行漸遠的生命裡，想念那樣純粹的相遇。沒有第二次了，我這樣如癡如醉的愛。

終於，我原諒了你無法愛我的事實，也感謝你也以另一種方式的愛永遠的愛著我。

因為我已經愛了你一生，
無論結局如何。

日出之前

當愛與恨成為了同一件事，竟然讓人狂熱且沉淪。

偶爾我不禁這麼想，正因我們剛好是完全相反的兩極，爭吵的怒不可遏與荒誕不經只是攤開我們最脆弱的模樣。興許是無可捉摸的命運將你與我緊緊纏繞，你是我的陰暗面，我不忍再看你，只因你照出了我最難堪而骯髒的模樣，那些我想要遮蓋的一部分。

黑夜的時間漫長而難熬，我細數滿天繁星卻抵不過罪過。眼淚竟然已經不再張揚，我終於開始學會沉默，學習一個人安靜地傷心。

也想過就此別過，因自由是你所渴望的，貪得無厭的我只會讓你徹底窒息，而你一意孤行的倔強，也摔碎了我的忍耐。

可習慣了愛，該如何背道而馳？一個人的道路是回不去的道路，還是想念你酣睡的臉，甜蜜的眼，牽緊手的執著，多或少的一寸溫柔。

那麼讓我們不再去追究對或錯，日出之前，讓我頑強地愛你吧。傷心就留給夢境無邊無境的荒原，如果我們能平靜地在星河下擁抱，等晨曦來了，愛會重生。

我會陪你存在，
因為我是如此地需要你。

永遠的黑洞

她在愛一個人的時候，是一無所有的。

你曾邀請過她去窺探你的黑洞，於是她深深墜入了你。她渴望修好你的傷疤，治好你的千瘡百孔，用盡一切的方法，只為了拯救你。

比起自己需要什麼，她更會去想像對方需要什麼。滿足了對方，或許自己就會被填滿；照亮了對方，自己的臉上也會有光。

但這都只是假想，太陽燃燒自己，照亮了月亮與世界，卻也在漫長的時間中緩緩耗盡能量與熄滅。因為表達自己其實也需要愛，未免也太卑微了，如果是因為自己的挽留，對方才願意駐留，那未免太悲悽了。所以有一件事，她緘口不提——「我需要你。」

因為只要她真的說出口了，那或許他會永遠離開。最後你的傷口完整複製到她的身上，從此她的愛裡面只剩下你鑿的黑洞。

當她把所有的溫柔都用來填滿你，粉飾你的牆面，妝點你的世界，她終於變得空無一物。

你一定無法想像，
她愛你的時候，其實是沒有辦法愛自己。
她以為不顧一切拯救一個人，就是愛。
但拯救一個人，不是愛，
她拯救你的時候，也在求救。

回憶有傷

明明足夠幸福了，心裡卻還是會憂傷。

心裡彷彿有一個透明的盒子，收納那些已經徹底失去的人，也許正因為失去了，所以關於他們的記憶反而更加鮮明，會重複播放那些美好的記憶。

因為被丟在原地，所以對於被丟下的記憶也更耿耿於懷。

小時候曾經去澳門玩，當時跟媽媽走丟，剩下導遊姊姊帶我。不知道為什麼，我沒有哭，還是深信媽媽會找到我的，周圍的人很多，記得是花季盛開之時，我還沉浸在景色的新奇裡。直到看見媽媽的時候。才真的有了難受的感覺，如果她沒有找到我呢？我是不是就會一個人留在這裡呢。

那或許是年幼的我第一次理解了「丟失」。

年少時失去了一個當時好喜歡的人。他告訴我，他不能喜歡我了，可怎麼辦，我還是很喜歡他，可他卻不允許我的喜歡了。

那是個特別冷的冬天，一開始是錐心刺骨的痛，到後來心卻變得麻木不仁，穿著再溫暖的衣服，還是感覺踉蹌。凝望冬日的陽光，我覺得我永遠得不到它的溫暖。

往後的傷心是累積的，於是我每失去一個人，都在重演失去的過程，我無法挺過這崩裂的一切，即使嚎啕大哭也換不回他們的駐足。

不能愛他們了，那索性就別愛了吧，把愛切下來的時候，有點像在切自己的骨肉一樣，止不住疼痛，卻明白這是必須做的。

因為實在太難承受，我就把他們放進我的盒子裡，表面上我卻裝得蠻不在乎，仍然可以過自己的光鮮亮麗，內心卻不斷淌血。

每當心缺了一塊，我習慣用另外一個人的出現去填補就好了，但他們每一個人都不一樣。他們都不一樣，給我的感覺、造成的漣漪與動盪也不一樣，所以才拼湊不了。因為我都傾我所能愛每一個人，他們卻不能全盤接受我想給的，而是轉頭離去，所以才難過。

長久下來，我覺得連我的想念都是混淆的，失去你像失去他，失去他又讓我想起了你。

有時候會想問問自己，是放不下過去，還是放不下自己的回憶。
但動態回顧跳出，連我的手機都在提醒了我，我曾經很在乎你。

望向過去，回憶有傷也有光。
你曾經是我生命中如此重要的光。

遊樂園

1. 海盜船

坐上海盜船的時候，因為我很害怕，善解人意的你察覺到，便握住了我的手。

為什麼當時的你握住了我的手了呢？為什麼你那不經意的溫柔，就已經占據了我全部的內心。

你輕易地就對我的世界施了魔法，要我怎麼解開？真正讓我恐懼的不是海盜船的顫抖刺激，而是你給我的驚心動魄。

懸宕在最高點，身體感覺到失重感。喜歡你的感覺正在用力傾斜，逐漸侵占了我的身體。

於是我跟著海盜船高低搖晃，我的心則和你一起搖晃。

我幾乎無法承受這樣劇烈的搖晃，卻又樂在其中。一邊自虐，一邊喜歡。

2. 旋轉木馬

你有乘坐過旋轉木馬嗎？

第一次乘坐的時候，你就在我旁邊。拍了一張你的照片，你好看的後腦勺就是我的全世界。熱鬧的音樂響起，我覺得此刻我就是最幸福的人。

於是有了後來的思念的繾綣，依戀的甜美，我以為童話會永遠繼續。直到轉了幾圈以後，身旁的風景已經改變，我才忽然察覺，視線裡已經看不見你。

而我還在旋轉著，在沒有你的世界裡。

3. 自由落體

曾經以為我不敢坐自由落體這項設施，直到發現失去你以後，內心的疼痛與麻木已經大於一切，我竟然鬼使神差地坐上自由落體。是啊，在失去你以後，什麼都不足為懼了。

當自由落體愈來愈高，達到一個高點時，我才明白，原來在感到最深的恐懼的瞬間，一切都已經結束了。

連反應的時間都沒有。

誠如你將我帶到了生命的高點，我看見了自己至高無上的狂熱與喜悅，但你卻在將我驟然拋下，我瞬間被拋進了無底洞。

我的靈魂終於在墜落的過程，散成無數隨風飄逝的紙屑，微不足道，也不再動容了。

當你選擇拋下的那瞬間，我就已經萬劫不復了。

4. 遊樂園

明明遊樂園是創造快樂回憶的地方，但自從分開以後，每一處風景，都如此的悲傷。

因為它見過我們的童心未泯，也見過我們長大後的黯然神傷，卻沒有辦法再複製一樣的場景，一樣的愛，一樣的你了。

我的雙手仍緊握著門票，卻抵達不了同一個地方。彼時的煙火不再綻放，你也不再如初一樣。

原來，沒有你在身旁，像是失了顏色的夏天，無味的棒棒糖，荒廢的遊樂園。

我終邁入了成年世界，沒有心碎也不再期盼，一切都是灰階。

5 旋轉木馬之二

等你繞過世界一圈，我只願見你一面。

離別以後，我相信如果只要度過的時間夠長，我總會再遇見你。

那就讓我再等等你吧。總有一天，在最初始的地方，我會看見你神采飛揚的笑容——那是我守護過的笑容。

我想再看一次你的笑容。所以，不管多久，我都願意在這裡等待。

真實

有時候很希望自己所聽見的，所看見的都是最真實不過的。想要相信自己的眼睛，也想相信對方的眼睛，但其實相信是艱難的，言語裡的停頓與猶疑，一開始只是小石頭投入湖泊，卻在某一個寧靜的午後掀起波濤巨浪。明明我渴望相信你，但為什麼你卻開始閃避。

原來一旦心開始擁有秘密，連熟悉的輪廓也變得陌生，明明你近在咫尺，卻像天涯與地殛的兩側。當你若無其事地逃避，閃爍其詞，我的胃卻開始翻攪，手指不斷地顫抖。因為不想拆穿秘密，所以選擇把它永遠放在抽屜，最好不要攤開在陽光下。

我不想要知道答案。

因為答案已經不重要了，你不經意透露出的行為早已擊潰了我的相信。美麗而虛無的篇章到這裡就足夠，希望我們不曾有所關聯。

因為相信是真實的，相信你是真實的，所以被矇在谷底的我才會變得虛假。

你不要看見我

我開始學會說謊了
學會對自己說謊
需要的時候，逃跑
傷心的時候
微笑

愛一個人的時候
不要說實話
害怕被拆穿
所以藏躲
躲到沒有你的地方
我們都會快樂的

你不會再因為我而痛苦
只要你不要看見我

愛不是為了獲得

1.

每個人心裡一定住著一位最想念的人吧。

你是我生命中最特別的存在，我很喜歡過你。

一開始的在意只是回頭多望一眼，被你的談吐與氣質吸引，還有那份若隱似無的溫柔，我想那只是欣賞，但並不代表什麼。可是愛上一個人的過程無法解釋，等到真正意識到的時候有可能已經太遲了。

而你之於我，便是從心痛開始。心痛讓我意識到你存在我身體裡，就長在我靈魂最深的地方，種下了愛意，當枝枒伸展，裡面漫出了無數的花朵。

我想是從那一瞬間你進入到我的生命裡。

那時候我的生命是搖搖欲墜的，沒有未來與目標，我覺得自己像鳥籠中的鳥，過得並不快樂；也像是失去陽光的森林，陰鬱幽閉，我迷失在自我的混亂裡，找不到出口在何方。沒有任何自由的選擇權，也沒有自己，我不知道是他撐住了我，還是那份愛撐著我。

正值青春的時候，相信愛就是一切，而愛的確就是一切。那麼乾淨無瑕，那麼稚嫩堅強，愛既與明天無關，也與名利無關，不是為了獲得什麼，只是為了實現愛這個行為本身——這對於那時候的自己，就是最偉大的事情。

2.

年少輕狂的時候遇見了當時認為最喜歡的人，這是屬於我自己的秘密。

雖然生命裡充滿著許多荒唐與瘋狂，青春裡也有太多沉重卻逃脫不了的枷鎖，升學、成績、比較與成敗。但卻因為喜歡而做出更多超乎自己理解的事情。當時我會故意不帶課本，只為了能夠找藉口和你共看一本課本，比起筆記，我更小心翼翼地記下你的表情，那些表情既靦腆又好看。

日子像是無法負荷的重軛，我感覺到內心百籟俱寂。

不知道為什麼，是喜歡你的那份心情，還是光是看見你就坐在身旁，我的心慢慢地平靜下來，我好像又能夠支撐一下。

這個地方什麼都不好，像是灰暗的牢籠一樣，除了你。

常常想著，除了我那麼喜歡以外，你會不會也有一點喜歡我。每一次便當裡的菜色你會分我一些，如果有特別的糖果，你總是不吝嗇分給大家。

有時候望著你善意的眼睛，我將手攤開，接住你給我的巧克力，光是這個平淡無奇的舉動，就足夠讓我傾心了。

在一次作文課中，坐在附近的我們交換了手上的稿紙，如果文字代表一個人最深層又無法透露的心事，那麼這一刻我們很靠近。只記得當我讀到你寫的作文，我竟然開始流淚，還要強忍著想哭泣的心情。你提到了自己的過去，那個過去包含著過去因為不斷搬家，所以得和朋友離別，再也無法相見，忽然之間我好心疼你的處境。

想要伸出手擁抱你，因為從你的身上我彷彿看見了另外一個自己。明明脆弱得不得了，卻還是扛下了所有的感受，將自己喬裝得完整與堅強。我只希望你不用那麼努力，可以恣意，可以任性，可以不用隱藏自己的情緒，可以擁有這個年紀應有的自由快樂。

3.

那天的陽光特別透明而淋漓。每天面對升學壓力、寫不完考卷的我們，很容易陷入對未來的迷惘，坐在紅色的操場邊，我問他以後想做什麼，他說，以後可能會想出國吧，我則說著我可能會有興趣的科系。

我沒有說出口的是，以後我還想繼續和你在一起，儘管我知道並沒有這個可能了。畢竟畢業後就不會見了吧。

暗戀的我是卑微的，沒有被喜歡的我是痛苦的，嫉妒盤旋糾纏，會想要放棄，也會在心底下定決心要忘記，但只要看見你的時候，就會忘記那些糾結——果然我還是最喜歡你，不為了什麼，也不為了擁有。

聖誕節的時候，學校裡放了一棵樹，旁邊放著便條籤供學生們自由書寫，可以掛在樹上。沒有其他人的時候，我悄悄來到了那個樹旁邊，寫下了我的心願：祝福你的前程一切順利。

因為你是那麼值得祝福的人。因為我是那麼用盡全力喜歡你。

畢業前，你在我的畢業紀念冊寫上，「你的文字有種讓人泫然欲泣的魔力。你記得，我也記得，或許比你少一點點，但不曾忘卻。」

我忽然不再糾結，原來我所有的舉動，包括親手寫的卡片，你都有看見，只是你沒有用我想要的那個方式接受，但還是接納了。

那一天我在樓梯旁邊，問你能不能抱我一下。

你說好。你的手伸向我，我笨拙地在你的懷裡愣了一下，但你的懷裡好溫暖，比世界上所有的事物柔軟。

好像漫長的寂寞都被這個擁抱終結。

在那一個瞬間，我理解寫作的愛是你教會我的，而愛戀也是。

4.

後來的這幾年，我搜尋過你的社群帳號好多次，但始終沒有按下追蹤鍵，因為理解無論我們有沒有聯繫，都已經不重要了，因為最好的你，已經烙印在我的心裡。而我的祝福，我的一切，我的思念，已經完整的傳遞給你一次了。

忽然想起，我寫給過你最後一張卡片，無論以後我們去了哪裡，我希望我都可以守護你。事隔經年，我變了，歲月也將我刻成另外一種模樣。但我知道那份愛沒有變，始終存在我的心裡，不曾沾染一絲灰塵。

當愛被時光完整的保存，那便是永恆。

只要想起你，我就能想起最純粹的自己。如果寫作是為了不要忘記，那麼我希望我永遠不要忘記你。

我希望你永遠都能被幸福眷顧。因為無論時光如何前行，在記憶裡，你一直都是我最喜歡的人哦。

贗品

事到如今
所有想念你都不要了對嗎？
讓我一個人
把所有的詩歌寫完
將關於你的記憶清光

我被困在了時間裡面
一個人回到相遇的那天
偷一點月光
在我心裡
補足你的位置

但一切都只是贗品
連你的在乎
也只是矇騙時光的包裝

因為我不值得你獻出所有
終於你把愛討了回去
給你想要永遠的
真實

閉口不言

我有一個小小的壞習慣——比起自己去靠近誰，更期待對方來靠近我，於是想念的時候我總是放在心裡，沒有那個意願去表達。

因為靠近對方的時候感覺要交出赤裸的自己，如果被拒絕，會想逃跑，不如搶先逃跑吧。所以有時候訊息習慣放著不回多天，希望那樣的空間對方可以理解。

大部分這樣的偏執並沒有影響什麼。理解你的人會知道這是你的習慣。只是如果對方剛好也不主動，久而久之，一天、兩天，一季、一年，就會成為雙向的遠離，莫名其妙又循規蹈矩的失去。

我才發現，人有時候很奇怪，有些話我們總是閉口不言，卻以為他人能夠看懂自己的想法。而明明在乎一個人卻將他推遠，明明期待著什麼卻從不追求。

只有在失去的那刻，才意識到原來彼此已經那麼遠了。因為太倔強了，所以才這麼輕易地失去，為了瀟灑地展顯自己其實不寂寞，而讓自己變得更寂寞。

沒有辦法將心裡真實的話說出口，或許也是一種悲哀。

「我想你了。」

這句話始終停留在冷冽的空氣中，停留在我的心中。可是啊，如果下次見到你，我不想要再閉口不言。

想跟你談談那些我們一起錯過的春天，錯過的海洋，和你錯過的青春與時光。想要打開你曾翻閱的那本書，把金色的書籤從上一次翻閱的地方抽出來，繼續和你一起讀未完的段落，好不好？

但錯過的時光我們無法剪貼，
只能任憑它定格在沉默中。
原來閉口不言失去的不是自尊心，
是曾經放在心上的人。

如果傷害也是你的愛

1.

我始終無法忘記第一次看見他的場景，一群人裡面好像跟他聊的頻率最吻合，可那時我還不知道，他跟我的緣分會最長久。

2.

我的心前方是一道築高的牆。因為我太過害怕我受傷，所以總是將遇見的人都拒之牆外。如果想要靠近我，必須經過一道道我設計刁鑽的關卡。但他很特別，輕易地穿過我的心牆，總覺得我和他竟是如此心意相同，就連他的歌單，都是我喜歡聆聽的曲風。

回想起他如何進入我的心呢，或許只是穿梭在我的日常裡，卻不曾間斷。如同溫煦的晚風，一點又一點侵占我的心池。並沒有任何多餘矯揉造作的痕跡，不過是日子裡滴水穿石的陪伴。

或許我們都是恐懼孤單的人，所以聽得見彼此的孤單，於是就這麼順其自然駐足在彼此的生活之中。不知道究竟是好事還是壞事？

他像是我相見恨晚的靈魂知己，我常常在想，為什麼不再早一點遇見他，如果早一點遇見他，就好了，或許我們之間會創造更多的快樂時光。

可生命中特別的存在，即便是姍姍來遲，仍然想給他一個巨大的擁抱，彌補那些未曾相遇的日子。

3.

有段日子我過得很糟糕，像是行屍走肉。病痛與壓力不斷地折磨我，幾乎被吞噬殆盡，我感覺不到自己的真心，只是不斷重複著繁瑣的日常，並且製造著錯誤，我沒有辦法停止這樣腐爛的我。

好像一張寫爛的紙，連我也無法認清自己的樣子，我只想要被撕毀，在不安與悲傷中不斷地下墜，想要一個乾淨的終結，讓我棄之敝屣這個世界。

或許是已經無路可走了，那個時候不知道誰能接住我。我直覺地撥打了他的電話。不抱有期待的、偷偷期盼的，感覺自己不值得的，又隱隱盼望自己可以獲得的。

如果他沒接住我，我不會怪他，我怪自己太過軟弱。可是他卻接了我的電話。僅僅是聽到他的聲音，我竟然委屈地嚎啕大哭。在他面前我全盤托出所有骯髒的真實，風雨欲來，我不願他也捲進我的暴風圈。

他跟我說，沒有關係，他知道我不是那樣的人，他說就算我不夠了解自己，但他卻理解我是什麼樣的人。

「妳是很好的人哦。我一直這麼覺得。所以妳也要相信自己是很好的人。」電話另一端的他是這麼說的。

被深深接住的那一刻，後來怎麼樣也無法從記憶中抹滅。

或許是從那個時候開始，他就成為了我的相信之一。總覺得我可以從谷底中爬起，慢慢變好，只因為有他的存在。

4.

可是或許是從相信他的那一刻，就開始有毀滅的一刻。

吃藥有時候就會有藥物成癮的問題。有些人就像藥物一樣，會慢慢養成上癮。他好像是那顆無所不能的橘色藥丸，只要有他在身邊的時候，我就會感到安心，我怎麼變得愈來愈依賴他。

但愈是依賴他的時候，卻覺得他愈來愈遠。好像在追一個永遠捕捉不了的事物，例如相信，例如信念。

無論是懷揣著多大的希望，或許都要接受，人不可能永遠在你需要的時候都在。因為我們都是不同的個體，擁有各自的生活與煩惱。我不能勉強他存在於我的身旁。

5.

在乎的人就這麼近，為什麼聽不見我的聲音。為什麼我愈是用力地表達愛，為什麼他什麼都接收不到。

好多次的尋求都讓人失望，好多次的相信都變得廉價。我們是已經荒腔走板的音樂，再也沒有原來動聽的旋律，脫離了交集，需要數算多少遠離。

我是斷掉的天線，墜落到無邊無際的天空。所以後來在想要依賴的時候，都會有所保留，因為我知道，我們不再一樣了。並不是我一廂情願就能夠將誰留在身邊，原來我不可能決定一切。

有時候你深愛的人，注定是傷你最深的人。

而最可怕的是，因為仍然想要靠近彼此，所以才會互相傷害。於是曾經看見彼此身上最美好的一面，後來竟然都是悔恨與疲憊。

開始懷疑光明只是為了鋪墊黑暗，相遇只是為了終結，我們或許只是在浪費那些虛無飄渺的時間。

6.

但從某一刻開始，我明白了，不能繼續了。

因為不想要再看見你轉身離開了。

儘管過去的陪伴再好，如同深夜輾轉難眠時的藥，我卻悄悄地下定決心，我要高飛遠走了。

當依賴成為慣性，只是讓彼此都無法逃脫，才意識到原來我們之間要有距離才能夠長久。我不想要讓我的洶湧成為你的負擔，也不想要在傷害裡印證愛曾經存在。

就讓彼此隔著一座海洋，如果想念，我們就輕輕丟一個漂流瓶吧，把日子的快樂與傷心都寫進裡面。

只是，不在彼此身邊時，我仍時常想念你的眼睛，那裡藏有我曾經所相信的全部堅定。

不要你

一個人不要你的時候，你就算擁有再多美好，都是多餘的。因為他不想要你，不想要你的愛，不想要你給他的任何事物。

你乞討也沒有用，只會讓自己更加卑微。

他不要你的時候，就是不要了。他不要你的電話與鮮花，不要你的出現，你對於他來說是不想承擔的負荷，他已經不再想聽你言語中的雀躍。

你明明仍然擁有整座世界，卻看不見除了那些傷害以外的事物，你讓自己困在失去他的疼痛中，再也目睹不了任何光芒。

那如果他不要了，你還能給予什麼呢？

一切都只是徒勞無功。

你只能把交出去的自己收回，才不會再浪費眼淚。

輪迴

你不在的時候我的神經變得敏感。我夢見了好多人，他們和你如出一轍。

我開始痛恨時間，時間讓我的心碎裂。不想要再拿起手機，檢查你是否傳訊息給我。

我沒有辦法專心看一場完整的電影，每一句台詞好像都關於你，甜品沒用的，它只能讓我消化掉五分鐘的不快樂。

玫瑰花變成藤蔓，從心底蔓延的痛覺刺痛了我的身體，我多後悔與你相遇，你毀了我輕快爛漫的筆觸，從今以後寫的詩歌都歪斜不正。成為不了你心中的好，恨不得你消失了多好。

而你出現又消失，這是第幾個循環。

你是我傷心的巡迴演出，從指尖到左心房，開始反覆抽痛。原來所有的失去不能回來，只能用餘生假裝慷慨。

恨與愛並行的時候，
即使傷心，離開與回去是必經的輪迴。
而你逍遙法外，我知道沒有錯的是你，
是我心底的感情。

心疼無用

關於靠近一個人是怎麼回事呢？是在午後三點陽光灑落時的回眸，還是午夜喝醉時的酣醉裡的拉扯。

有些時候或許是因為心疼，心疼他和我有一樣的傷口。不知道為什麼，我總是會發現那些表情，那些受過傷的悲傷眼眸，以及欲言又止的姿態。傷心的人總是相似的——我會發現他舉手投足的猶疑，發現一個人動態裡的低落。

而有些人身上的傷口讓我十分著迷，甚至該說無法抗拒。或許因為在這之中，我也看見了自己，看見了過往在谷底裡六神無主的自己。

正因為看見了，我更沒有辦法坐視不管。我拿出我手中僅有的彩色M&M，準備一張小紙條畫一個笑臉放在他的桌子上，三天兩頭多關心幾句。

「不過是希望對方能夠更快樂一點。」心疼大概就是這樣的感覺。

有時候我想，並不是我悲天憫人，或是特別善良，才去關懷他人，充其量只是因為我想要被用力的需要而已。因為感受到了對方的需要，才願意付出溫柔。有人說，這並不是真正的溫柔，這只是自我安慰罷了。

或許出發點一開始就錯誤了，所以我一直幫不上忙。只能看見他轉身以後的落寞，只不過聽見聲若蚊蚋的嘆息，卻沒有闖進他心裡的最深處，給他一劑特效藥。

而治不好他的我，像是一個失敗的醫生。或許我根本不是能治癒他的人。

嘗試到最後，我把我想要做的付出都收回了，因為他在我的身邊並沒有變好，因為我也是病入膏肓，難以自拔——我的心疼是多餘而無用。

我才明白，他變好有一百種方式，唯獨與我無關。

他需要的是夏天陽光的明朗，
而不是和他相似的一灘悲傷湖水，
永遠靜止在失去的時間裡。

比起他，我也終於開始心疼我自己。

耗盡

一段關係的盡頭，像是在森林裡迷路，卻始終找不到方向。那些不堪入目的言語，所有反覆傷害的情節，都成為了銳利的荊棘，絆住了我的腳，讓我不能再勇往直前。

同時我也像是溺水的人，在這段關係中，被抽掉了所有的空氣，讓我窒息，卻沒有人可以拯救。不知道從什麼時候開始，曾經連結我們的，終於變成傷害我們的。

我記得你一開始的笑容，也記得我們的親密無間，我那時候明明看著你的眼睛，你離我如此靠近，我的夢裡有你的身影，你在我心中是如此至高無上、不可替代。

從一開始，我就忍不住想像，遙遠無垠的未來擁有你的存在，你與我一直都會是生命裡的不可或缺。

或許是這樣的想像太美……是哪一天讓我們開始變得差勁？後來所有鮮明的色彩記憶，都變成割傷人的碎片，於是我們陷進這樣的迴圈裡，從一開始的劍拔弩張，到後來的漠不關心，終於我們的身心靈已經疲憊不堪了。

原本的愛終於變成恨了，原本的相濡以沫都已經變成互相怨懟。我們已經耗盡本來滿溢的愛了，剩下的時間，我們只會互相責怪。原來，我們已經成為不了讓彼此變好的存在了。

我知道你也已經受夠這一切，是我和你讓我們之間如此的破碎。

當我最後一次想要留住你，試圖靠近你的時候，卻發覺你已經無法再接納我了，關於我的一切，你只覺得厭倦。

關於遍體鱗傷的人們，只有穿越了森林，才能看見曙光。

我知道，我們總有一個人必須放手。

因為我愛你，所以這次我要讓你自由了。

失去一個人一直都是很輕易的事情，
能夠頑強地留在一個人身邊，要有多大的溫柔與堅持。

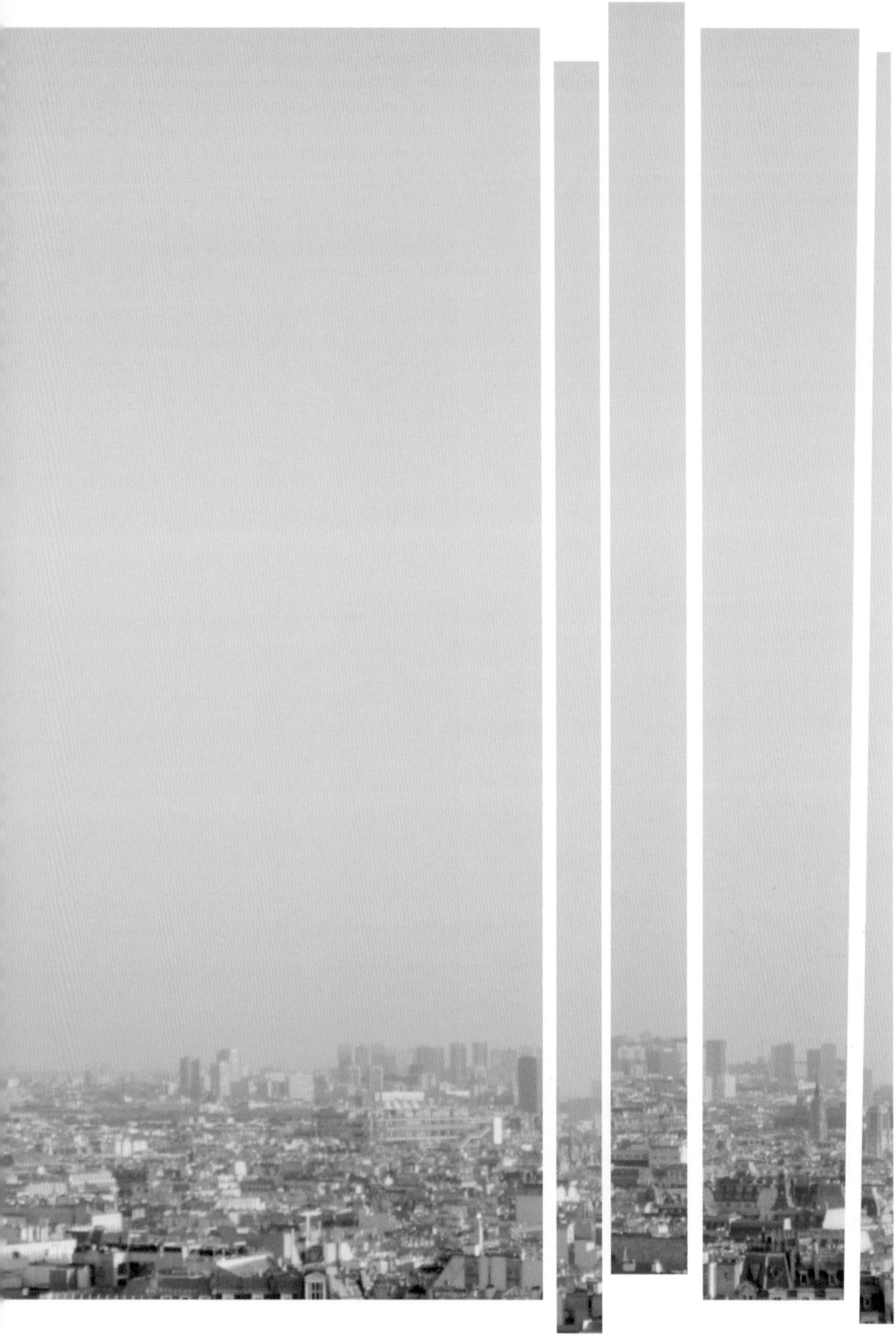

如果明天的我不一樣了，
那我會不會捨棄掉過往的自己呢？

有時候眼淚珍貴，是因爲它能告訴我們，
哪些是我們最想守護的寶物。

有時候笑容難得，是因爲能爲你創造笑容的時刻，
其實爲數不多。

明明我知道開始與結束，都是我一個人的眷戀。
但能夠完整地告訴你，
是我當時所能想像做過最勇敢的事情。

以後的以後，我們都不要再相見了。

在道路
分歧之前，
我們也曾是
彼此的力量。

緣分
從來都沒有
白白浪費，

只是
我們要去的地方
不再相同。

只是再見了，
願你
一路上
都有
風光與溫柔。

四點了。反覆在夢中醒來。
疼痛是藥也控制不住的，心碎反覆上演，
原來你有那麼多眼淚，只是不曾讓他看見。

你應該熄燈，別再想著他了。
他的一切已經與你無關。

我不讓自己好起來，因爲好起來意味著，
要跟曾經在我身上的傷口告別。
有些傷口是愛曾經存在的證明，
我不想讓它從我身上褪去。

被愛的魔法

「為什麼我愛的人最終都選擇離開我？」

「因為你不愛他們。」

「我哪有不愛他們，我已經用盡我的全力去愛了。」

「可是你沒有想過，你愛他們的方式並不是愛，或許那只會讓他們難受與痛苦。」

「所以他們才決定離開對吧？」

「因為他們不知道，你什麼時候才會學會愛。」

「那你為什麼還在我身邊？」

「因為我愛你，所以我願意去包容你愛的方式。」

「就算我的愛那麼一塌糊塗，艱澀刻薄，像在泥濘中匍匐前行，他們都難以理解？」

「但你的愛是全心全意。只要看見你的人就會明白。」

「我很幸運能遇見這樣的你，還有這樣的愛。」

學著柔軟地愛人

1.

她在街道靜靜地盯著自己的鞋子，原來鞋面已經有一些刮痕，而鞋跟還有一些泥土。耳機裡播放的是他喜歡的歌曲，連音樂的習慣也是他傳染給她的，那是一種潛移默化的絕對，沒有辦法輕易地改變。

可是啊，這個世界連天氣都善變，但愛人頑固的習慣卻難以改變。曾經放在心底的那個人又在做些什麼呢？

希望他過得好，又害怕他過得太好，好到不需要自己的存在。有時候在搖搖晃晃的列車上，她會想著，或許這一生沒有辦法再柔軟的愛人了。

曾經的心是柔軟的，但因為害怕受傷，又重新讓自己的心建築了一道圍牆，別人釋出的好意，怎麼就接受不了。開始害怕那些溫柔都會成為身上的累贅與負擔，於是變得沉默，開始拒絕。

是不是再也經不起等待，只能安靜地看著對方摸了一鼻子的灰走開。

她的柔軟被愛人帶走了，被愛著他人的那個自己帶走了。

2.

她曾經也是不顧一切的愛人。殷勤的愛人，別無所有。

即便是深夜時分，也苦苦等待對方的回歸，一個人的房間，寂寞聲嘶力竭，只是希望他開門的瞬間，能夠發現留給他的那道夜燈，讓披星戴月的他不要感到寂寞。

她也可以在他百無聊賴的時候，作他的朋友，陪他打一場自己不曾擅長的遊戲，試著烹調出美味的料理，討他歡心。

就算有不快樂的時刻，她不想要大聲跟他爭執，她願意低聲下氣，在關係裡委曲求全。

她多麼想要讓他理解，她在等待著他，或許預備了一生柔軟的心，只是為了善待他，讓每一塊都完整無缺。

相愛的時候明明柔軟，像是蓋著同一件棉被一般柔軟。

但愈是柔軟愛的時候，為何卻愈在心裡失衡，開始生出無數的刺。或許，一開始她就想錯了。一味的委屈與付出不等於柔軟，那只是一意孤行的執著。

那樣的柔軟緊緊地包覆了兩人，卻也傾頹了世界，被最澎湃的感情遮掩，他們被困在名為愛的小屋。

當她認為愛的模樣應該是至高無上的，而她在愛裡想要箝制一切，抓緊對方，只要融為一體，再也不分開了。愛的規則卻讓人變得剛硬，變得憤恨不平，互相計較，原先愛著那獨特的靈魂，卻變得醜陋與可憎。

愛裡犧牲了自由，欣賞都變成了心傷。

那麼愛也變質了。

3.

和他變得遙遠了以後，心裏缺失了最熾熱的一塊，站立的時候，身體會忍不住忽然顫抖，像是隨時要被風吹落的葉子。

疼痛裡有一點感慨，她感慨自己怎麼就這麼輕易地失去了對方。撲簌的眼淚讓整個秋天都變得凝重。或許是命運忽然給予了她一只神秘的放大鏡，放大了彼此的距離，但她怎麼找，也找不著縮小燈，再一次縮近彼此的距離。只能眼睜睜地看見距離被拉長，全速奔跑也無法追回差距。

可是啊，置頂的訊息、手機裡的自動選字輸入、生日的紀念禮物與身上淡淡的香氣，都被鎖在一個打不開的彩色糖果罐，只能一天一天看著它過期。

在他的家門口前醉倒，那些欲拒還迎的任性，如今都已經失去作用了。他都看不見了，就算看見了，也沒有辦法回應了。

4.

原來他也沒有對愛說謊，只是沒有辦法承受那樣的愛情。原來她自以為的柔軟，也可以是另外一種傷害。

真正執拗的人是她，她的愛不允許對方成為自己，她的愛是鳥籠，折斷了彼此的翅膀。將愛的紅線纏繞，綑綁在同一個網裡。

而最後他也只能用傷害去否決她所有的柔軟。

或許柔軟與親暱並不是綁住對方的理由，柔軟意味著保有彈性與韌性，可以接受對方去成為想成為的人。

瞭解了這些，心才變得剛強了，偶爾自我會多出一個殼，把自己的心事，寄放在最深的地方，只有自己可以知道密碼，不要輕易地攤給任何人看。

但當深愛一個人的時候，披上盔甲，武裝自我，始終是一件太過寂寞的事情。

因為害怕沒有人接受真正的自己，所以從來不想要展現自己，最後只會讓自己後悔莫及。

5.

但或許，或許變得堅硬的心或許還會有一絲的裂縫，只要將那個裂縫打開，她知道她其實可以柔軟。

她的內心自始至終都是那樣的透明，只是希望有人看見她藏起來的晶瑩。

她意識到另一種柔軟。

這樣的柔軟正意味著，即便也會有灰暗麻木的日子，那些傷痛與不堪回首，那些眼淚與自我懷疑，都會在自己的心裡再次癒合，再次擁有力氣，去相信。像在秋天的陽光下被蒲公英碰觸，像是夏日仰望著雲朵漂浮，像是春日綿綿的細雨親吻，像是窩在寒冬裡的棉襖般溫暖。

會一直記得那樣柔軟而純真的感覺，像是最愛的電影再看一次時仍熱淚盈眶，有種柔軟是從內心而生，周而復始，不曾凋零。

她才終於明白「剛柔並濟」這個道理。原來剛強與柔軟是需要同時存在。剛強是為了守護自己的心，柔軟是為了看見他人的內心。很多時候只有你願意停下來看見他人的內心，與此同時，將自己交給對方，那才擁有了溝通與互相了解的可能。

願意接納，就算艱難，接納自身的黑暗與光明，並慢慢前行，是柔軟。懂得給予，也願意給予對方他們所需要的不強加，也是柔軟。

那麼，愛便是在最剛硬的時候，去選擇柔軟。

就算曾經失望過千萬遍，原來我們的心永遠都有方法去柔軟的愛人，因為這雙腳還要走好久啊，還要去看偌大的世界。

唯有重新柔軟地愛自己，才能柔軟地愛另一個人。

這一次，如果有人走來，如果剛好那天陽光很清澈，確認過彼此的眼睛有對方的身影，那她不介意再讓一個人進到她的生命裡。

那麼，她會柔軟地迎接他，再堅強地陪伴他。她是希望自己這麼愛人的。

What is Love?

1.

他對我來說，絕對是生命裡最特別的人。以前總是會因爲過往遇見的傷，而不敢再輕易地愛人，深怕又跌入一樣的深淵。

「會有人真的愛這樣的你嗎？」

他們只是喜歡你的一部分，或許喜歡你的外在、你的表現、喜歡你給他們帶來的感覺，喜歡你的溫柔與陪伴，還有你的付出。

或者他們根本不是真正的喜歡你，只是單純被你吸引，那樣的感覺卻只是曇花一現的花火。

但他好特別，他並不一樣，除了好的地方，他也喜歡我的缺陷、我的任性、我的平凡，喜歡那些我希望永遠消失的地方。在他面前，我好像不用刻意去飾演自己該是什麼角色，不用每天提心吊膽害怕如果愛消失了怎麼辦。

記得方相愛的那一陣子，我總是在哭泣，因為對感情沒有信任感，所以喜歡用負面的方式表達自己的感情，我總是反覆試煉、刁難，出盡了難題，去確認他對我的喜歡。

他並沒有因此不耐煩，反而一次又一次的告訴我，我喜歡你。

也許正是他這樣溫柔平靜的心性，跟尖銳感性的我形成了對比，他像是一個巨大的海綿，包覆住我那些碎裂的傷口，用行動告訴我，那些傷口都不會痛了。

就像下雨天的時候，他幫我套上黃色的雨衣，幫我綁上小小的蝴蝶結，或是我不小心在機車後座睡著時，把我的手往前拉攬住他的腰，讓我不要有危險。他的所做所為，都能讓我感受到被愛。

慢慢的，我好像也被他的溫柔耳濡目染，心變得寬廣，變得能夠容納更多快樂。

2.

漫長的戀愛有時候會讓人忘記時間的經行，不知不覺，就讓我們來到了許多生活的交叉點。

有時，當我們生命中有更迫切的事情需要追尋與決定時，會讓本來已經平靜的生活分歧，難免擔憂如果啟程了，是不是我們的感情就會畫下句點了呢？

我是那種極度需要有人陪在我身邊的性格，他不在我身邊的時候，我就像少了螺絲的機器，失去運作的可能。

但他告訴我，如果想要完成什麼，就放心大膽地去吧，因為他認為這對當時的我很重要。

在喜歡彼此的感覺很重要的同時，他也更了解我需要什麼，也更希望我可以成長。

現在想想，每一步選擇，如果沒有他的支持，或許我根本無法成為現在的自己。

3.

事實上，我們的感情並非一帆風順，也充斥著許多傷心的坑坑疤疤。

對人生不一樣的價值觀、生活的頻率不同、無法相見時的惴惴不安，過往累積的爭吵與不愉快、不在身邊的寂寞與空洞。

對於真實的愛我是恐懼的，我那樣不堪與腐爛，到底有什麼資格配得上這樣的愛，更不相信會有什麼童話故事的幸福結局。

我是那樣的軟弱、自私、膽小，在所有的不確定性裡，我總是鑽牛角尖的往最壞的地方思考。有時候愛人也會疲憊，或許愛某一天也會變得平淡而不再熠熠發光，也曾想是否將記憶停在最美好的時候，就不要再往前了。

曾經以為要分道揚鑣了，但他的眼神總是堅定地把我留下。有好幾次，我都在夜裡崩潰大哭，他只是將我抱得好緊，告訴我，沒有關係，那些不會阻止我去愛你，我會一直陪在你身邊的。

我很健忘，但他告訴我，如果我忘記什麼是愛，他會再次提醒我，讓我想起這一切。

人的心永遠是個解不開的謎題，複雜而多變，或許我們根本沒有辦法完全知曉自己所有的渴望。但我覺得很不可思議，即便如此，每個人的心中仍是會有最想守護、最不願意失去的事物。在夜深人靜時，在過馬路交通號誌轉換之時，在初雪落下的時候，在睡時閉上眼睛的時候，你會想起最愛的人。

我沒有辦法預測未來，告訴你未來的模樣。
但你在的時候，陽光那麼燦爛，
讓我相信此生的相遇，都是最美好的注定。

謝謝是你找到了我。

不變的地方

1.

外公外婆家是一間古色古香的透天厝。到他們家的時候，先敲敲門，當外公外婆發現是我們來探望時，總是露出開心的滿足微笑。

幾十年來，他們家的客廳擺設沒變。客廳中間的桌子半透明，上頭有茶具。四周的椅子是官帽椅。而牆上有一幅壯闊的山水畫，旁邊的櫃子則擺滿收藏品及幾幅書法。

這些年外婆變得比較重聽，和她說話的時候，必須慢一點、靠近她的耳朵。所以就會重複地問著她：「最近身體還好嗎？還有運動嗎？」

而跟外公談話聊天的時候，外婆總是又從座位上離開，端出切好的水果，無論年紀多麼年長，外婆處理日常家務從來沒有懈怠，日復一日照顧我們每個人。

小時候，我偶爾會去外婆家住，當時我總是很期待午餐與晚餐，因為平常在家裡都是買外食，很少會吃到這種熱騰騰的家常菜。

而外婆則做出我最喜歡的瘦肉粥，那是印象中最好吃的稀飯。下午的時候在二樓看電視，偶爾外婆會上來陪我一起看。夏天很燥熱，我們就吹著電風扇。晚上的時候，在三樓和式房間，外婆會在榻榻米上一起睡。只要靜下心來，還聽得見外面蟬叫的聲響。

童年單純而透明，總覺得日子緩慢能夠永遠繼續。

國高中的時候，就比較少去他們家住。但每次回來，他們都收納了一疊聯合報副刊的報紙，讓我跟妹妹閱讀。因為外公說，他知道我很喜歡閱讀，所以他希望我總是擁有資源可以閱讀，如果還沒有閱讀完，再把報紙帶回家。

於是在玄關的紅色桌子上，總是有一疊按照日期順序疊放整齊的報紙，沒有一次例外。

外公是出乎意料想法開明的人。

關於大學填選志願極度焦慮的那陣子，外公也告訴我，無論是什麼科系，只要我有興趣，那就夠了。甚至因為就讀大學的原因，有一陣他常常問我要不要當老師，我和他說我其實並不想要，他立刻就說，做什麼都沒有關係。

只要我過得快樂就好。

2.

自從母親過世以後，其實有一段時間都不知道用什麼樣的心情，回到外公外婆家。

言談中我會盡量迴避談到媽媽的話題，因為只要提到她，我的心就有密密麻麻的刺痛，也更怕外公外婆比我還心痛。

太過害怕自己是個累贅，害怕讓他們想起自己的女兒已經不在的事情。所以總是很虧欠，虧欠我讓他們的寶貝女兒變成了我的母親。

以前看到一種說法，孩子可以離開父母，但父母永遠離不開孩子。

因為成為了我的母親，生活也變得更加勞煩疲累，才會導致後來身體的不好。我想在母親年輕的時候，也一定是掌上明珠、備受寵愛吧。

有時候在想，如果時光定格——母親永遠是他們的孩子，不曾蒼老，該有多好呢？

但母親有了我。而後我失去母親。我什麼都做不到，也不能填補外公外婆心中的缺憾，只能加倍的愛他們，用盡我的生命。

3.

從以前到現在，其實我都不擅長向家人表達愛。或許也是因為和家人相處的方式，都是含蓄而寧靜的，就算有波濤洶湧的感情，也會藏在心底。但慢慢長大後，我開始用我的方法去表達自己的愛。

外公喜愛郵票，所以有一次我特別去郵幣社，去挑了幾款他可能會喜歡的款式，可惜外公是個蒐集控，等到我拿出來送他，我挑選的他都已經有了。那些我從日本買來的陶瓷盤子，其實只是從旅行時，從雜貨店挑選的心意，他卻悉心放在櫃子裡珍藏。

第一次拿到薪水時，過年我包了紅包給外公與外婆。他們一開始堅持不肯收，直到我說，這是我的心意，想告訴他們我長大了，也擁有能力付出了。

今年因為疫情的關係，沒有在端午節的時候回去探望他們，我撥他們家的電話，是外公接起的。他說，沒有回來沒有關係，要注意好自己的身體，不斷叮嚀我注意身體。

外婆即便上了年紀，每年還是會親自包粽子給孩子兒孫。當時我想，可能今年我就吃不到了。

直到疫情稍微減緩以後，我才回到了家鄉。外婆說：「冰箱裡還有粽子，妳之前不是沒有吃到嗎？帶幾個回家蒸吧。」

我忽然明白，其實他們從來沒有因為母親的事而不再愛我。家人的羈絆是不會輕易抹滅與更改的，他們的愛是延續下去的，照顧媽媽長大，看過媽媽出嫁，如今也看我長大成人。

世事無常，歲月無情更迭，但總有一些事未曾改變。對於我來說，外公外婆的家，就是不變的地方。我只希望他們都健康平安、毫無病痛。

無論至哪裡流浪，總有人會是你的家鄉。
有些愛未曾真正說出口，卻比一生還長。

◆ 完成這篇的同一年外公過世了，是在最嚴寒的冬季裡。但對我來說，他好像一直沒有離開。閉上眼睛還會想起他在老家門廊旁，用力跟我招手，送我回去的畫面，總是感覺好像是他還在天上看著我，一直陪著我長大，這一篇獻給最珍愛的外公。

坦誠相見

1.

回想過去，因為學不會坦白所以失去了很多人。

其實我先是阻止對方靠近，如果有些人來了，我感覺到他會在我的生命中很重要，知道我一定會受傷，我會把心的開關用力關閉，不留有一絲縫隙，為的是不讓內心接觸到更多的聲音，我怕自己會有所動搖。

因為一旦我坦承了「需要」，便會害怕自己被「丟掉」，有很多不想回憶的難過，那些針密密麻麻的扎進心裡，告訴我不要去渴求任何愛。

有一次他說我很可憐，因為每一次我說：「你走吧。」其實都在奢望對方留下。

但我知道自己並不一定有那個資格。「沒資格被愛」是自己貼給自己的標籤，當你將詛咒刻進骨中，你已經相信自己是孤獨的，任何人都無法進入你的生命裡。

回過頭看，原來我在這些時光裡行走，已經失去了很多人。那些人都被我的牆堵住了。我不想要被愛。因為愛最後變成了垃圾，而我是無處可去的流浪者。

2.

「不要去渴望，就不會受傷。」

有時候在夜晚大哭，止不住流淚，因為我不相信這世上有誰會無條件地愛我，這世上所有的愛都是有條件不是嗎？

只有做了對方喜歡的事，才得到認可，滿足對方的期待，才能得到愛。

小時候的考卷如果沒有考到滿意的分數，沒有拿到名次，是不會被稱讚的，只是更希望你可以再更努力一點，達成父母的期待。不要太貪玩，不要鬆懈，要成為端正又善良的人。因為能夠無止盡接住朋友的脆弱，傾聽對方的難處，才會讓對方倚靠你。因為你要有漂亮的眼睛，保持溫柔體貼，才能讓人喜歡你，才會有人追求你。

在這樣重複的輪迴中，讓我擅長扮演，我像是黏土一樣，任那些給我愛的人將我塑形。有時候，我有點忘記自己的模樣，覺得只剩下軀殼，那些碩大而無可抗拒的期望在支撐著我的行為，決定我的左右，我像是瑰麗而精緻的行屍走肉，粉飾太平那些由內而外的腐爛。只要我能圓滿演出，只要我能讓眾人都相信我的假象，那我就能獲得愛與肯定。

其實我多麼希望，他們愛我只是因為我而已。不是因為我擁有什麼，不是因為我能成為什麼，而是我自己。

3.

但很諷刺地，因爲對愛的不安全感，反而讓我輕易相信愛的言語。明明不想坦白卻又揭露了一切，我沿路落下密密麻麻的線索，只是為了讓誰來找到我。童話裡的長髮公主將頭髮垂出牆外，是希望有人能夠從禁閉的高塔裡找到她，我也是，希望他們翻開一座又一座的高牆，抵達我的身邊，解開我的禁錮與枷鎖。

或許只要選擇愛就能讓我擺脫那個脆弱的自己。於是每當有一絡溫柔循著我來，我就會重蹈覆轍、毫不保留交出我的一切。

只要被抓住就好，被抓住就可以救我脫離於永遠匱乏的魔咒，即便那是空無的謊言，是凋謝的玫瑰，是虛幻的泡沫，我仍義無反顧。

可我逐漸發覺，所有的承諾都是一時興起，在那個瞬間甜美而激昂，為了向永恆反抗，證明自己的心意堅貞。但人的變化卻如潮水起落，當我們不斷遷徙時，就會放開那些曾經重要的事物。

如果有人落空了你的相信，你不能責怪他們。因為他們遇見了比你還重要的事物。你要學會接受這一切。

但相信了愛的我卻無法承擔，每一次我愛上誰，我都覺得用了一生的力氣，終又回歸一無所有。

4.

有個朋友曾經嚴肅地告訴我，「你不相信，那你就拒絕了一切愛，最後只能孤單一人，唯有你相信了，那些愛才不會因為你推開，而愈來愈遠。」

只有你接受自己被愛的事實，愛才會存留在你的身上。

5.

在無數個深淵當中，他曾向我伸出了手。那時他說只要你相信，我就會一直陪著妳。

我才想起來，原來他一直堅持把愛留在我的身上。在我們爭執的時候，在路燈都暗下來而看不見方向的時候，在不能相見而默默流淚的時候，在我憎恨這樣脆弱自己的時候。

在我逃走，掙脫開他的手，讓他也一起遍體鱗傷的時候。

有一個晚上我獨自一人在家看了一部電影，已經不記得片名了，電影想表達的大意大約是人們都寂寞，即便歇斯底里用盡一切愛著，沒有人能夠真正在心靈上真正滿足誰，最終不過又一次傷害與分離。

當時正在和他吵架，撥了他的號碼也沒有通。我就像這灰色而苦悶的電影一樣微不足道。

我聯想到了過往所有的離別，無法停止的回放悲傷的記憶。

為什麼我總是失去我最愛的人呢？

在那一刻，只覺得，儘管有再強烈的愛與深刻的承諾，卻沒有人有辦法接住我，忽然鼻酸，心也疼痛了起來，像是有千根針密密麻麻的戳著，只想找個地方躲起來。

一邊流淚一邊迷迷糊糊地走到了河堤。在深夜的河堤裡我蹲在長椅旁流淚，哭得極為狼狽。本來想關機，但我又沒膽，我被這樣沒用的自己逗笑。

過了一段時間，他似乎發現了我的不對勁，便打電話問我我在哪裡。一開始我想撒謊，騙他在家附近的咖啡廳，但他的聲音好溫柔誠懇，我忽然想要相信他。想要再給自己一次機會，再給愛一次機會。

我和他說在以前常去的秘密基地，並沒有說白。如果夠愛我的話，就會找到我吧。我幼稚的想著，又設了一個難題給愛人，我總是擅長用各種難題去推開在乎的人。

「你等我。」他說。

我在原地看著五光十色的燈光倒映在河上，想像自己也是一條河，一生向海，不用著急是否找到歸屬。在心裡卻隱隱有一絲盼望，期盼他能找到我。

時間一點一滴流逝。

他終於來了，像帶著一輪月光那樣。一看見他，我就放聲大哭。他則把我攬進懷裡，輕柔地安撫我的不安。

「你會不會也離開我呢？」

「我不會。」他這麼說，「萬一不幸真的離開了，妳也相信我盡了全力留在妳身邊。」

「所以儘管妳不斷推開我，我都還是在妳的身邊。」

在生命的谷底裡，他坦誠相見了最真實的我。他知道我深層的恐懼，卻選擇毫無保留地接納。

像是一座堅固的橋樑，抓緊我飄忽不明的靈魂，撐起我生命所有的重量。

我才忽然明白，我所做的，不斷推開、試探對方，只是為了確認他不會走。但如果一味這麼做的話，終究也會讓另外一個人失望。所以該換我努力了，要靠自己的信念，去堅定自己所相信的事物。

愛是這樣的，儘管脆弱不堪，仍然願意將自己的一切，再一次交給另外一個人收管。

「只要你相信，我會一直在你身邊。」

軟弱而生

有句話是這麼說的：身體與心理互相影響。我覺得很有道理。我認為我的心偏向開朗，就算有難過的事情，睡一覺基本上可以忘卻。但相反地，身體卻脆弱到不行，當身體提不起勁的時候，就直接潰擊了我的內心。不能想也不能動，像是困在沒有方向的滂沱大雨，只剩啜泣；天空蒙上了一層烏雲，無處可去。

大學的時候發現自己身體比自己想像中的弱，比別人容易感冒、頭痛，甚至曾經身體有不同地方接續地感到不舒服，我只能一個星期吃兩份治療不同症狀的藥，於是反覆地看醫生，卻從沒有根治。

但我覺得我很狡猾，遇到這種事我常常歸咎於自己，卻不選擇直面自己的問題（即便後來逐漸開始嘗試著運動）。

記得有一次因為身體發炎，忽然暈倒了，他把我送到醫院，陪我坐在病房一個晚上照顧我。迷迷糊糊醒來，鼻子充斥著消毒水的味道，眼前只有蒼白的牆壁，以及淺色的被單，雖然身體的症狀緩解了一些，環境卻讓人感到陌生與恐懼。但在半夢半醒之間，看著他的心急如焚，我卻因此感到安心踏實。

只因我從他的眼神裡確認了在乎，從那份純粹的關愛裡我看見了自己的存在，那一刻，眼淚情不自禁地流下。也因為自己軟弱而自然而然地任性，肆無忌憚地撒嬌，因為在這樣的情況下，他不會拒絕的。我是篤定了。

就像生病的時候，也能夠更不彆扭地說出自己的真心話。不知道從什麼時候，我覺得同情與憐憫也是愛的一種，而且是根本性的那種。

當然我也想要好好照顧好自己，也明白不應該添麻煩或是讓他人擔心，但也許脆弱時渴望被愛，是很正常的事。

我知道我是軟弱的，而我需要他的感覺強烈。草木生長仰賴陽光雨水，初生嬰兒渴望接觸，肚子餓了需要食物，軟弱的時候想要尋求擁抱。所以我伸出手，想要討他的擁抱。

英國詩人John Donne曾經寫道：「沒有人是一座孤島。」

人呀，這樣精緻且易碎的生物，因為不安所以反覆確認，因為軟弱所以互相依賴。

我們帶著自己的寂寞泅泳，只希望被誰的溫暖拯救。

在最軟弱無助時刻，只要能夠幸運地遇見伸出的手，就足以誕生希望的力量。

脆弱中誕生的我們，卻因為互相依賴緊緊連結著。

親暱的妳呀

親暱曾經對我來說是無法想像的事情。路上遇到陌生人，時常會問S和我是不是姐妹，我們都會搖頭說，不是。然後對視一笑，我們異口同聲的說，但我們是很好的朋友。

我們是因為蛋餅認識彼此的，因為兩個人午餐的時候都會去買同一間蛋餅。我把自己打理得驕傲而不用他人，但只有她看得出我很寂寞。我不喜歡主動打電話給任何人，但她常常都會打給我，剛開始無法適應，這並不是我認為朋友適當的距離，但就是這樣讓她進入我的生活中。

曾經在她眼裡，我可能是很淡漠的人吧，就算臉上掛上了笑容，卻仍擁有距離，無法真的將自己全盤托出。但在我們就讀不同大學的時候，因為跨校傳情的活動，我送了人情巧克力到她的學校，後來她和我說這是她始料未及的事情，她並沒有想到，原來我也把她看得很重要。

因為太過親暱，所以才會湊在一起，和她說話的時候，永遠不會沒有話題。有段時間，我們睡在彼此的身旁，偶爾互相穿彼此的衣服或是鞋子，她總是會聽我推薦她的音樂。我偶爾叫她起床，她聽我抱怨生活中的難題，我們喜歡的戲劇是同一個類型，每當待在同一個空間，我們可以各做各的事情，不用一直說話，也不會感覺尷尬。

總是一個眼神，就能知道彼此心情如何。

但我們不是沒有過爭執，因為我們太過相似，靠得太近，才會有類似的生活軌跡，導致彼此碰撞。跟她吵架的時候，都會覺得心摔碎滿地，心裡不能說沒有恨，但恨意裡又湧出滿滿的愛。

有時候明明上一秒還被彼此的冷漠割傷，下一秒卻又迫不及待和好。

在看漫畫NANA的時候，就覺得角色好像是我們，娜娜與奈奈，明明如此地在意與關心彼此，卻因為太過靠近，而不斷帶給彼此傷口，卻也在兩人最脆弱無助的時候，義不容辭成為彼此的需要與依靠。

因為有些黑暗只能被彼此看到，在最混亂無助的時候，也只能想到跟對方傾訴。這大概就是「親暱」的感覺，不用解釋就已經懂得，不用訴說，眼神卻能意會。

當她失戀、傷心欲絕的時候，我安靜的聽她哭訴，告訴她：「沒關係，你還有我呀。」而有段時間我真的好悲傷，沒有辦法入眠睡覺，重複跳針陷近一樣的泥淖裡，她整夜理性的告訴我，什麼樣才是正確的方向。

我一直掉眼淚，不知道為什麼，在她面前掉眼淚，竟然是很自然的事情，不用一直隱忍。那時候我們在床上一起睡覺，睡前我們聊天，她問我是不是真的有把她看很重要。我點點頭。有時候覺得這樣想確認的她，也很可愛。

我想是每一次都是我把她看得理所當然，所以忽略了很多她已經付出很多的事實，習慣了愛來得理所當然，就不會追究她為何要這麼做，心裡感覺虧欠卻又溫暖十足。

我沒有和她說的是，其實我也把她看得很重要。

有時候我們好久不見，離別回家以後，她都會傳訊息告訴我，「現在就已經很想妳了。」

一開始我覺得很好笑，怎麼可能那麼快就開始想念了，又不是戀人。直到某個晚上，她沒有像平常一樣傳訊息給我，或許還在忙碌，我才發覺自己不習慣，原來我也是那麼需要她的存在。

有人曾跟我說過，夠有緣的人，不管怎麼樣行走，總是會讓你們碰頭。我想並不只是緣分，而是我們很努力的在彼此的生命裡。儘管偶爾，時間是風，將我們吹散，我們還是像解不開的毛線、圍在彼此的脖子與肩膀，給予溫暖。

親暱偶爾讓我們彼此產生間隙，親暱感也會讓我們幾乎融為一體，如同萬花筒裡交錯的圖樣，相互輝映。但我知道，因為妳夠重要，所以我們無論行走到哪裡，總會重逢。

未來的生活，我希望我們能夠一起快樂，成為彼此人生的陪伴。親暱又親愛的妳呀。

也許愛真的能治癒一切，即便你還不敢相信

這些時候，天氣開始變冷了。

走在街道的時候，記憶被連結至有些遙遠的日子。

1.

去年這時，我經過了一個糟糕透頂的冬天，生活被自己壓垮，心靈剩下殘破。當人在很痛苦的階段，許多記憶都變得不清晰，或許是不想要去記得，那淋過雨踏過雪的破碎與傷心，只渴望將一切都銷毀粉碎。我的生命渴望一點點長眠，或許只要到春天就好，就可以睜開眼睛。

我甚至不知道自己怎麼才能從谷底好起來的。

直到在孤獨的街道上，聽見了聖誕歌曲的前奏，我才意識到，原來是因為內心尚存的愛，拉著我往前。

一開始是為了要採買朋友的生日禮物，才特別往

人潮洶湧的百貨公司前進。這麼說，或許有點奇怪，但我很喜歡為在乎的人費盡心思的那種感情，需要去認真著想，什麼樣的事物適合對方，或是對方怎麼樣會比較開心。

當去思考這些事的時候，心中就會變得溫暖，想到了與這個人一起走過的回憶，便是過往的回憶點綴，才能來到此刻。

失去一個人一直都是很輕易的事情，能夠頑強地留在一個人身邊，要有多大的溫柔與堅持。

2.

悲傷是一個難以回想的過程，比起說是心痛，更像是整個人被打碎。

那是個沒有光照進來的十一、十二月，像在最深邃的海中溺水。太多事情都來得太過倉促，不習慣環境突如其來的變動，更不習慣震耳欲聾的孤獨。

夢想的軌道偏掉，愛的動力坍塌，心裡不再純粹。已經足夠努力了，卻還是成為不了理想的自己，只剩下疲憊的身軀，空洞的雙眼。

碎掉是因為匱乏，救不了自己，卻好希望有人拯救我。

快樂離我太過遙遠。也想不起來單純快樂的自己。

我變得有點沮喪而開始憤世嫉俗，多羨慕那些被愛環繞的人們，他們自信得遊刃有餘，妝點社群上的光鮮亮麗，聚散離合卻在我身上輪迴，不曾迎來終結。

那時候我只要是看到路上的貓咪，就會鼻酸得想哭。我覺得自己就像是被遺棄的貓咪，被太過匆促的時間，被什麼都想要的慾望與自私，被自己的軟弱所拋棄，也被以前相信過的愛所背棄。

我身上充斥著自己厭倦的不美好與腐爛，也許我根本不值得被愛。

被自己厭棄，被渴望愛又無法填滿的自己所厭棄。看著溫柔的人望向我的眼睛，我只想要掉頭就走，只因為不配擁有那樣的溫柔。

在這樣脆弱而不穩定的狀態，我是多麼渴望溫柔，想要被誰接住，想要被愛，矛盾的是，某一部分的我竟然還是想要去愛。

那時正剛好是感恩節，我試著讓自己列出了今年感謝的事物。列了十條以後才發現，原來自己是幸運的，卻不曾細數過自己的幸運。

對熟知的日常與生命感謝，這或許聽起來容易，但實際是很容易被遺漏掉的，因為我們往往對於日常存在的事物，因為習慣而不感到懷疑，並不覺得某一天擁有的那些會消失。

但其實往往自己最習慣的日常，都是最難得的寶藏。

我開始細究，為什麼明明很已經很幸運了，卻還是無法快樂，或許是因為我不允許自己快樂，或許是以前的悲傷讓我覺得，做個快樂的人太奢侈了。

親近的人曾說我不是悲劇的女主角，他說真正悲慘的是我太常用悲傷的目光看自己，這樣自憐的樣子才是最可憐的。因為我不曾看見我擁有什麼，我只看得見我的空洞。

忽然覺得自己好傻，我想要追逐一切，但原來最重要的，一直在自己身邊。

我卻盲目地一直感到匱乏，不曾正視自己身上的陽光。

等待到意識到這一點時，才發覺自己其實擁有能力向著光前進。但我曾經不願意離開我的悲傷，緊緊握著那些痛苦與死寂。因為我害怕改變，懼怕面對，就像是剛升上新的年級時，抗拒自己的新學號，還很容易想起過往的音節，因為不想遺忘青春裡貯藏的那片藍天。

如果明天的我不一樣了，那我會不會捨棄掉過往的自己呢？

我害怕忘記，所以一直緊抓不放悲傷。以為悲傷的模樣就是我自己，但這一次我決定跨越了。放棄了一些無法抵達的愛，丟掉什麼都捨不掉的自己。決定大步奔馳在花色的夜，不再作繭自縛。

如果還可以的話，我決定走向那些敞開胸懷的人們，並再用我的力量去愛，哪怕微薄。

3.

十二月緊接著就是聖誕節。

從小就特別喜愛聖誕節，或許是信仰賦予的意涵，或許是歐美電影渲染的溫馨，我一直認為這個日子攸關於愛本身。即便我一向喜歡用數位的方式去記錄，此時卻想要寫一些手寫的卡片給朋友。

寫卡片給朋友，不是為了獲得什麼，而是告訴他們，謝謝他們的出現。

在這樣的過程中，我發覺去愛人，比起被愛，竟然還感到由衷的快樂。因為主動的愛意味著，你願意給予，而不只是接收。你願意分出自己生命的一部分，去填滿對方。我們都是在這樣破碎的過程互相完整彼此的吧，因為人並非完美無缺，所以才會互相照顧，互相支持，一起寫下清淺或是深邃的故事，如此循環往復，度過人生。

節慶的尾巴，和男朋友約了早晨去做蛋糕，下午和朋友約了野餐，想說可以帶去。

一開始因為公園實在太大我們還迷路了，與朋友會合時，才發現朋友帶了從建國花市買來的兩束乾燥花送我。我印象特別深刻，因為她其實不用為我做這些的。

天氣微涼，我們就在大安森林公園坐下，鋪著小小的野餐墊，嗅到草地的清香，溫煦的陽光在葉子的縫隙間彈跳。

隨性地聊著天，看著天色在時間下靜靜變化，吃著手作的巧克力蛋糕。我的心變得平靜而溫和。

我很想謝謝生命裡美好的存在，譬如身旁的人們，謝謝他們成為了溫暖的港，守護我的顛簸。

「我很愛你，謝謝你的存在。」

在卡片裡說，在心底說，在擁抱的縫隙裡說。

4.

我忽然覺得那些不堪入目的破碎都不再痛了，我很幸福，不是勉為其難的告訴自己，新的一年要到了，我要快樂。

很喜歡西元年，總覺得新年的寓意很好，告訴人們，無論過去的你是如何，總該告別過去的傷心，往前邁進，我們又可以從第一天算起了。

而是打從心底認為，仍然能愛，仍然有能力去感受愛，並且珍惜著，便很快樂了。

當愛一個人的時候，就會變得慷慨，那樣由內而外的慷慨，是可以拯救自己的。

愛人有時候是治癒自己的過程。

我不會願意相信我會變好，但愛確實治癒我了。

而我不想再逃避，

我也想要活下來，

往更遙遠的命運，以及此刻。

最好的愛

有一次，他和我在公園裡，明明是初春，卻擁有盛夏的陽光。遠處的人們在野餐，看見孩童與家長們最自然的笑容。

我沒有抱他，我只是牽著他的手。看著他的時候，我覺得自己不曾長大，因為在他身邊，可以一直都當個孩子。

可以選擇買不同口味的霜淇淋，兩個人比賽誰不會滴下來。

「現在的你，快樂嗎？」

「很快樂哦。」

「為什麼？」凡事我喜歡追問到底，儘管心底明白，這世界上永遠沒有正確答案。

「因為身旁有妳呀。」

「妳是我最喜歡的人哦。」

聽完他的說法，我忍不住莞爾一笑，然後摸了摸他的黑色短髮。被表達喜歡的時候，有時候我都不知道怎麼表達開心，但我的行為卻已經揭曉了一切。

好不可思議，明明我也無法相信永遠，愛的感覺卻是真切的，像是在地平線能掬取變橘粉的夕陽，感覺擁有力氣奔跑到世界的盡頭。我才發覺，最好的愛不是心潮澎湃的激情，不是狂妄無邊的愛慕，甚至也不是需要持續填補的渴望。

最好的愛，是愛人的時候能夠安放自己的心，在生活顛簸與混亂的時候，都能夠讓你找回琉璃般乾淨的內心。

而我們在彼此身上找到最乾淨的自己，將本來的自己展現的一覽無遺，不用害怕與躲藏。

■

而最好的愛，同時也讓我平靜，是讓我不會再懷疑，是我的傷心都可以分享，是彼此在失望過後，還能夠有信心相信，我知道不管夜晚多深，都有一個人等我回家。

在電影院播放的結尾時，可以靠在對方的肩膀上啜泣，或是在旅途中，一起拉著同一個行李箱。我們一起奔赴遠方，再一起回家。

能夠有一個飽含心意的親吻，能夠聆聽熟悉的聲音訴說著喜歡，能夠在彼此的雙眼找到時光經過的痕跡，可以在凝視對方雙眼時，看見我們共同經歷了太多無可取代的時光。

我最喜歡的英文歌是〈Fly Me to the Moon〉，愛至深處，會希望陪對方一起去月球探索，但其實不用一起探索月球，只要倚靠在身邊，就能夠明白愛的深與長。

生活本身坑坑疤疤，並不一定光彩。而許多漆黑的夜晚，褪去庸俗的煩惱，和你一起簡單的散步，我都覺得快樂來得簡單，不過只是陪伴，還能深信明天也有彼此的存在。世界在此刻真正的靜了下來，只剩下心跳砰砰的聲響，還有撒在地面銀白的月光。

時間開始緩慢，忘了那些幽微的煩惱。我們只有彼此與愛，儘管也不那麼浪漫，但我仍然覺得美好如詩歌。

小時候覺得很神奇，不管走去哪，月亮總是會跟著自己回家。即便有陰晴圓缺，它還是皎潔靜謐地明亮，刷洗人們日復一日的悲傷。

而你的愛是亙久的月光，原來打從遇見你的那一刻，你的光芒就不遺餘力地照在我的身上。那麼，如果我看不見月光的時候，只要看見你的愛，我就能感到平安；只要輕輕的擁抱，我的一切都能被接納。

也許生來能愛，一直都是如此幸福的事，儘管愛不容易，謝謝你教會我這一切。

而這世上的愛啊，每一種都那麼美麗，願這世界的愛如月光不停止閃爍。

如同你的愛那樣。

我們平凡愛

當我們張眼，再闔上眼睛，總覺得又度過平凡的一天……可是，時間其實不饒人，它悄悄的帶走了記憶、痕跡與許多情感的證明，而其實每一天都是變化的，如同雲朵，其實每一天都有不一樣的姿態。

時間將很多新鮮的熱愛，變得陳舊而易逝。當愛一個人變成習慣，當那些重複的笑話已經聽膩，當朋友之間剩下了然於心的沉默，卻在孤單一人懷念彼此的溫度。或許我們就是依靠著那樣熟悉羈絆而存活。

那樣堅定的羈絆，讓我們在艱難的生活中擠出溫暖，互相照亮，彼此引領。

偶爾我會想起在一無所有的夜裡，星光就是一切。偶爾我會想起在陽光燦爛的街道裡，你就是我目光唯一聚焦的地方。

有時候眼淚珍貴，是因為它能告訴我們，哪些是我們最想守護的寶物。有時候笑容難得，是因為能為你創造笑容的時刻，其實為數不多。

關於世上所有的愛，或許是這樣的：

我們平凡，可那些平凡裡，其實就裝著最好的日常與時間。

記得多少次我們也曾迷路，在小巷子鑽來鑽去卻離回家的路愈來愈遠，或著生氣互鬧，故意捏著彼此的臉頰，再捧腹大笑，忘了先前積累的煩悶。

但我總覺得那就是愛最真實的模樣，我能看見你的一切，都那麼透明，你和我的所有生活像是童年我閱讀的故事，過程曲折，結尾讓我感動得笑中帶淚。

你把歲月已經模糊不清的鏡子擦乾淨，讓我在混沌迷惘的時候，重新看清楚自己的樣子，修剪自己的羽毛，重新振翅飛翔。

只要擁抱的時候，好像就能抵擋一切傷心，帶我成長，走過生命裡每一刻艱難，尋找黑暗裡的出口。

愛沒有正解，只有過程中它帶給你什麼，無論你感覺到什麼，那就是足夠的。如此——即便我們平凡無奇，你的愛卻特別無比。

所幸平凡的愛裡有你。

一生的告別

夢裡點石成金
將我所思所想
變成了你

你能粉飾
那些已經斑駁的牆面
用七彩燈光
裝飾成節慶

你送我最愛的糖
帶我在草原奔跑
花圈纏繞在我的手上
許下一起乘風破浪的約定

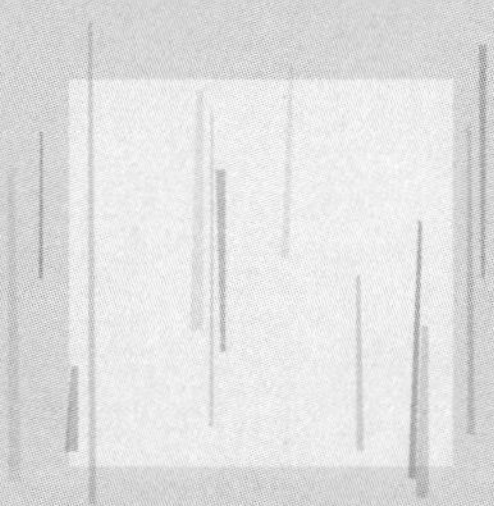

驀然卻又在黎明升起時
打破每一道窗戶
粉碎全部的夢境

告訴我
早已沒有你

或許
只有把夢給你
我才能不能做夢

或許只有把心還你
我的心
才能夠平靜

能夠不再夜裡哭泣

如果有一天
我也能成為你的夢境

你願不願意
也一覺不醒

夏天是離別的戀曲

夏天是會讓人想念的。

你的夏天是什麼模樣呢？

是橘子汽水的味道，是從玻璃杯折射出彩虹，是遙不可及的夢想與迷惘，是遺憾與期待的交織，是操場上模糊的水波紋。

暖烘陽光灑遍世界，細碎晶瑩地包裹一草一木。

當時教室的長廊，你在盡頭，便是最讓人嚮往的一切。僅僅是擦肩而過，就讓我蠢蠢欲動。並沒有想從你身上獲得什麼，能和你並肩而行，就足夠讓人快樂。

於是製造了許多機緣巧遇，只是想和你並肩而行。

在遇見你之前，也不是不曾陷入情網，但第一次全身淪陷，無法動彈，喜歡湧入了指頭與心尖，再怎麼努力也不能克制。那也是我第一次明白，原來有時候，愛一個人不能控制，只能讓喜歡的感覺攫住全身，讓它帶著自己前行。

不曾理解蒼老的意義，堅信凝結在你指尖的夏天就是永恆。青春最美的是夏天，夏天最美的是遇見你。

明明只是一年的喜歡，卻如同一輩子漫長。那年跑步時你的腳踝受傷，剛好在你旁邊的我，馬上問你需不需要什麼幫忙，僅僅是扶著你走到教室，我的心臟就跳得飛快。心裡有一個壞念頭，如果不是你受傷了，我怎麼能在你的身邊，卻又矛盾的感到心疼。

在透明的旋轉樓梯，我希望時間永遠停下。

■

趁著夏天結束之前，我打算和你說我喜歡你。

用了許多信紙，寫了許多信給你，那或許是這輩子我所能寫下的最多吧。

記得是這樣的，我們坐在走廊的天臺旁邊。我能抱你一下嗎？不知道為什麼，我鼓起勇氣問你。不知道為什麼你的雙眼紅紅的，我不願擅自解釋，但情願那是因為你也有那麼一點喜歡我，即便不能接受我的感情。我們輕輕的擁抱了一下，我知道這是朋友的擁抱，心中五味雜陳，既喜悅又悲傷。

明明我知道開始與結束，都是我一個人的眷戀。但能夠完整地告訴你，是我當時所能想像做過最勇敢的事情。

後來的夏天，我覺得都是你給我的寶物，讓我再一次記得你的樣貌。

夏天是離別的戀曲，卻也是我們相遇的開始。

你離開後的夏天，
每個夏天都還是藏有那些無法言喻、無以比擬，
最苦澀又真實的喜歡。
即便是現在，我還是想要和你說一聲，

我喜歡你。

我總是決定先離開

因為我曾看過他離開的樣子，知道任何人都會離開我，不管以什麼樣的方式。所以如果已經能預想到關係的盡頭，我總是決定先離開了。

當回覆的速度變得緩慢，你的表情如同天氣一樣難以捉摸，你對我不再噓寒問暖。

和歇斯底里與哭哭鬧鬧的個性相反，我離開的時候都會很小心，把聯絡方式刪除，還做不到那麼絕的話，也會把動態隱藏。

把自己的心關成靜音，遠離一切會聯想到的喧囂。

喜歡如病毒一般入進了我的身體，想念你迷人的香氣，懷念是好聽的音樂，哪怕相遇是興高采烈，為你可以顛覆這個世界。

在我的雙眼裡，你是這樣的美好，對你的愛無可救藥。

我卻不想再找回來這樣的感受。

就像你不會需要喝完的啤酒空瓶，不會再看路上的傳單。我知道你也不需要我了，對吧。沒有誰能真正留住誰，就算有，那也只是我自己的錯覺。

反正你以後會遇見更好的人，交換更多欣喜若狂，不用陪我貧乏地待在墮落的谷底，在這快速的世界裡，我也會有新的消遣，並不是非你不可，耳邊卻還是不斷重複你溫柔低語。

以為相遇能改變什麼，但你駐足過的親吻，只成為了我的傷疤。

我離開了你，你的一切卻留在我裡面了。
包括相遇時沒有喝完的那杯酒，
還有冬天早晨我決定離開的那陣風。

緣分是時間安排的禮物

很久沒有聽見你的聲音了。上一次見面交談的日期我也遺忘，我們是不是已經在淡漠中潦草結尾了呢？

不知不覺，我們也忘了彼此曾經那麼依賴的模樣。我以前總是認為只要我願意，就能夠留住什麼。但人不可能留住時間，也不可能留住上一個季節，我只能將心裡對你的千言萬語堆積成塔，再自己用力地摧毀它。

我不再撥電話給你，強迫自己忘記你的一切，忘記你的好，忘記你的壞，忘記我們的好，也忘記我們的壞——才發現原來沒有你在我身邊，我也能過活。

只是這樣的生活讓我心痛。

好幾次我差點忍不住，忍不住再鼓起勇氣，試著靠近你，想要再一次聽見你的聲音。但我知道不行，明白我已經錯失最好的時機，而你也不願意再被我消耗。

悲傷的是，我無能為力去挽回時間，那些我們一起擁有過的時間。但在悲傷裡，卻又感到幸運——因為我們曾經相遇過。

偌大的世界，人與人的相遇的機率已經微乎其微。你的繁花天堂我不能再窺探，我也沒有說。在你的身旁，快樂源源不絕，像是噴水池一般，只是我投擲硬幣所許下的心願，並沒有被實現。

緣分如果是時間安排的禮物，擦肩最後是彼此不得不默認的決定。我想我已經從你身上得到太多，只願你也能去成為另一個人的禮物。

在道路分歧之前，我們曾經也是彼此的力量——是啊，緣分從來都沒有白白浪費，只是我們要去的地方不再相同。

只是再見了。
願你一路上都有風光與溫柔。

來不及吃的早餐

「我與所有的傷心為伍，你卻轉身離開。」

關於生命裡的重要他人，我總是會以各式樣的方式搞砸，也許正是愛得太用力了，我像是帶刺的仙人掌一樣，才會將關係不停戳破。

比起以前，我終於變得薄情，有時候我甚至不敢去回想那些深淵。

可那天一時興起去查詢了「愛」的這個詞彙，原來最後一次你和我說話已經是一年前的事情，後來我們的對話都變得斷斷續續，我甚至找不到是從什麼時候開始錯了。言語其實是很誠實的，誠實地透露出我們的分岔。關係的分裂總是不知不覺，沒有任何的預兆，甚至是事過境遷才發現，原來我們不一樣了。

是哪一天，你再也不會和我分享任何事了。

是哪一天，對你而言，我就已經是多餘的存在了。

有時候看到你的姓名，我的心會猛然一痛，彷彿在提醒我你不在。忍不住想起那時候我們走了好久的操場，微亮的燈光，和你的促膝長談，能夠敞開心房的對話，我就知道你在我生命裡是特別的。我們拍了好多值得紀念的照片，寫過那麼多長篇大論的卡片，交換過最赤裸深層的心事。

你說過我改變了你的生命，而你也改變了我的生命。

你告訴過我讓你變得勇敢了。

而你讓我知曉愛的快樂，卻沒有留下，只剩下別離的傷心。

我並沒有告訴你，你曾經也是我的勇氣。

你的訊息終於已經沉入最底下，或許再也不會浮上了。而去追憶關於愛的對與錯，只會突然增加傷心罷了。我們理解關係的方式本就不一樣，你抓緊了當下來說重要的人事物，而我還在回憶的海擱淺，尋找不會重來的美好天色。

當離別的時間已經超越了曾經一起的時間，或許便知道，有些東西已經很難回來了，但失去的東西還是會有回來的一天。

如果你願意找回來，如果我願意找回來。還想在尚未清晨的早晨，和你從床上慵懶地醒來，再一起吃一次早餐。

我從來沒有停止在乎你，希望你明白。

如果回到那年聖誕節，
喧囂的演唱會，我想告訴自己，
比起台上歌手精彩的演出，動人的歌聲，
我更想抓緊的是你。
If only.
但是沒有關係，和你度過的時光都是真實的。

夢的隱喻

佛洛伊德所著夢的解析有提到：「夢是欲求的滿足。」

我其實是相信的。也許近乎不合理，但我想起了曾經我喜歡一個人的原因：因為那時連續一週都夢見他。或許一開始在生活裡不由自主在意他這個人的存在，那個人才會闖入最深邃的夢境吧。

■

那年我們剛好是鄰座，才開始有了機緣和他變得稍微親近，閉上眼睛還是能夠回憶起他的樣貌，就算不甚清晰。中午休息的時候，偶爾我們會聚在一起談天，教室的燈光昏暗，當時教室有個老舊的小電視，我們安靜地吃著便當，偶爾他會吐出一些關於新聞的見解與延伸，不知道為什麼，總覺得連他分析新聞、說話的模樣都特別可愛。從那時便覺得，他是個神秘的人，內心擁有著深度的想法，卻不會過度表達，而是恰到好處在問題的脈絡中投下一顆石頭，掀起淺淺的漣漪。

有一陣子，我天天夢見他。我並不是一個記憶特別好的人，夢裡總是充滿抽象又費解的元素，時常醒來就一頭霧水，但不知怎麼的，關於他的夢，直到現在還有印象。

我夢見他救了我。夢裡有什麼一直在追趕著我，但夢裡的我不敢回頭，似乎我位在黑夜的高樓大廈裡，卻不停地墜落，沒有痛的感覺，但我很害怕，害怕我的一生都是這樣墜落。但後來我夢見他接住我了，忽然從雲層中出現了一個黃色溜滑梯，我順勢溜了下去，抵達地面，他就在我的前面。我終於如釋重負。

因為夢而產生了情愫，聽起來有些衝動，但不可否認，那些夢接連勾起了我的好奇，才將喜歡悄悄埋在我的心裡。

愛或許是這樣偶然的疊加悄然誕生。青春時期的暗戀只是我的自我滿足，但不否認僅僅是他的存在，就讓我在許多灰頭喪氣的日子，添了一點對於光的盼望。

記得有個滂沱大雨天，跟家裡有些爭執，同時面對升學的壓力與生命的煩躁，我一到學校就悶悶不樂，趴在桌子上，不想要給別人看見我的表情。直到抬頭發現，餘光有他的身影，忽然就覺得心中變得平靜，撫平了五味雜陳快要滿溢的情緒。我默默地趴在桌子上流淚，卻由衷感謝，只要我們靠近一點點就彷彿晴天，甚至不再奢求擁有。

對於那時的我，他的存在就是瀕臨毀滅的拯救。

■

這些年其實我鮮少想起他，愛的濃厚被現實一點一滴的稀釋，有了新的愛人與生活，那些青春的狂戀被生活埋葬，我已經可以平淡地想起這個人了。

但夢好像傳達另外一種我隱藏的情懷。

許多年後的某一天，做了一個讓我既痛苦又快樂的夢。夢裡的我們在同一棟大樓上班，因為聽說他也在這邊上班，於是我每一層電梯都停，只要疑似看到他的身影，就會衝出電梯找他。夢裡的我步伐是倉促的，深怕只要有一刻遲疑，就沒有辦法找到他了。

最後我並沒有找到他，夢便戛然而止。夢裡的遇見誠如艱難，夢醒時分卻又感嘆，這個人之於自己的重要，或許大過我所想像。潛意識裡想要找到他，告訴他，我其實沒有停止想念他。因為我知道在真實的人生裡，我沒有辦法再見到他了。

我只是想問問他，長大過後的你，過得好嗎？是否已經過得幸福了。

埋藏在春光的眼淚，盛夏的遺憾，封存的青春裡，
你是年少最甜美的夢境。
在我的世界失去你沒關係，
夢裡還有你一席之地，只要你偶爾光臨。

Friends

大概是朋友的緣故，才能在那麼近的地方看著你。

我迷戀你的迷戀，流連忘返在你的夏天。我喜歡你所播放的每一首歌曲，你在太近的地方了。

你是善於編織夢境的人，所以到最後我還是沒有醒來，我像是愛麗絲掉進了洞裡，卻永遠回不到本來的世界。

藍色的洋裝，沾滿了泥土，是否在另一個平行世界裡，我們能在一起。

而那些擁抱又要我如何定義呢，那些熱情又只是我一個人自作多情？

在燈光暗下，音樂響起的那一刻，你牽起我的手，我們跳的那支舞，我永遠會記得，明明心動卻無法表達，我渴望前進，你卻帶著我後退。

我可以永遠被動，隨著你的舞步前進。多好，我們的關係一直都是你來做決定。因為我從來不敢奢求更多。

那些眼淚你也不會看到了，因為在你面前，我只能笑著，為了分享你的喜悅。你說不喜歡我傷心，可是傷心的理由卻是你。

但無論如何，你快樂就好了。你快樂我也會跟著快樂的。

於是我一直在原地。

我在原地等你，我在等你變得孤獨的時候。

就算那時候不是因為愛，但或許你會向我走來。

離別

以前以為離別是離開一個人。
後來過了許久才明白，離別是自己在心中割捨。
只有在心中放下他了，才能稱作真正的離別。

放下

「如果你從不接受失去，你就永遠無法擁有。」

1.

有一陣子，我覺得我的內心支離瓦解。正式脫離了大學，抵達了新的環境，擁有了新的挑戰與壓力。卻和過往的許多朋友疏離，產生更多的距離。

我過得好不快樂，而且是長期的不快樂，這樣的感覺並不是失去戀人那樣劇烈的傷痛，一開始有點像是小小的擦傷，但我不去注意它。後來像是舊傷，只要提到就會讓舊傷復發，內心開始隱隱作痛，偶爾卻會讓我難過的作嘔。如同一場沒辦法從我身上離開的冬季。

偶爾颳風，偶爾下雨，偶爾寒風瑟瑟的時候，會突然憶起，原來我的身邊已經沒有你。

而我已經適應了這樣的日子，麻木不仁。很多時候，我還是過得自得其樂，照樣過我的生活，依照我的步調，但我的內心缺少了一塊。

我知道那是我永遠找不回來的一塊。

想要放下，卻又無法放下，像個幽靈在日子裡徘徊，在夢裡反覆糾纏。

找不回來卻又放不下，橫亙內心深處，終於無法碰觸。

2.

從以前就知道自己很破碎，但我沒有想過的是，我一次又一次被離別打碎。

青春時期的我，其實非常抗拒讓任何人走進我的心裡，當時因為家庭的關係，也沒有辦法有跟同學有那麼密切接觸的關係。總覺得分班了，那身邊就換了一批人，畢業了，各自有未來的路要奔赴。

儘管曾經，我也傾向相信情誼是永久的，一群人的朝夕相處，三五好友的親密無間，像是在大禮堂裡鼎沸人聲裡，清楚地聽見彼此的呼吸，看見彼此的微笑，心有靈犀。

當時的我和旁邊的朋友這麼說著：在巨大的禮堂裡，如果將手輕輕擱在耳朵旁邊，就能聽到海潮的聲音哦。

真的耶，好像真的就在大海旁邊。她也模仿我做了一樣的動作。

「妳好特別，妳總是會發現很多神奇的事物。」她這麼說。

直到現在，我偶爾還是回憶那個畫面。

而畢業前夕，同樣地，也是那個朋友和我說，儘管不能時常見面，以後每年都還會與我聯繫，因為我們是朋友啊。

她是做到了第一年，在我生日那天，傳簡訊和我說，生日快樂。但第二年她忘記了。我也沒有問她過得好不好，或許是我賭氣吧。我們就這樣錯過了。

錯過原來是那麼輕而易舉的事情，一個念頭的起落之間，這也不是誰的錯。

只是我偶爾會想，我可以接受彼此已經面對了嶄新的生活，如果當時我再主動一點，或許打電話給她，事情會不會不一樣。

但已經過太久了，當你拖得太久，關係的效期就會逾期。想到的時候，還是有一些淡淡的遺憾，最終我只能放下，在社群媒體上沉默地看著彼此的日常，卻從來不問候。那種感覺像是在看一場電影，一場與自己生命切斷的電影，黑白而唯美，且早就已經迎來結局，無法扭轉。

星霜荏苒，歲月不待人，又有誰會留在原地陪你，陪你記得那樣單純的笑呢？

大不了，一開始我們什麼都不要約定，不要相信，不要給予希望。

3.

可隨著認識的人愈來愈多，或許是我終於變得落落大方，更加討喜，我也有更多別人可以欣賞的特質，許多人開始靠近我。

我卻開始疑惑，有些人接近我是否懷著目的。明明知道這樣去思考是不對的，我卻已經沒有透明乾淨的雙眼去判斷。正是因為抗拒以及打從心底不相信，關於身旁的人，我開始篩選與過濾，一定要察覺對方真心相待，我才敢開始推心置腹。

因為我太過害怕受傷了，不想要輕易的愛人，不想要再輕易破碎。失去太痛了，失去也太空了。

失去愛，或失去一個人，就像是失去了水的鮮花，一開始看不出異樣，卻會隨著時間推移，看見它漸漸失去鮮豔，終於枯萎死去。

4.

但我好像不斷重蹈覆轍。總失去對於我來說無比重要的人。

常常在思索，是因為我是這樣的人嗎？才會一直把在乎的事物搞丟，將重要的關係搞砸。

情感不是商品，並不是金錢就可以買到。有些感情僅是季節限定，事過境遷，只能倚靠照片回味當時的酸甜苦辣。因為世界上沒有一款膠帶能黏貼兩顆已經疏遠的心，於是疼痛也不曾停止。

在記憶裡，在夢境裡。想要放下又不小心讓想念重演，以為不再留意卻又蠢蠢欲動。

關於要靠近已經失去的人，那是一種一旦靠近，又迅速收回的動作，就像你被熱水燙到的那一瞬間，腦袋還來不及反應與思考，手指就已經率先收了回來。再來才會感到刺痛。

你看過《蝴蝶效應》這部電影嗎？主軸其實簡潔明瞭，這是關於穿越時光，改變過去以改變現在的故事，男主角用盡了一切方法渴望拯救女主角。

那是一種無力卻充滿希望的故事，拚盡了全力去愛與拯救，卻在時間與命運的線軸裡，將彼此愈推愈遠。或許一切都是注定，關於緣分，關於手上的那條紅線。

其實導演安插了不同版本的結局。但無論是哪一種結局，原來都是陌生的錯過，除非有人先問候，有人願意應聲。

這樣的結局安插彷彿現實人生。

好多時候我想溫柔問候，卻又將幾乎要脫口而出的話收回。因為我知道，沒有我的生命，其實你更快樂。

就算我不願意承認。

5.

在這樣放不下的執著的過程中，時常流淚。

無論是再一次重溫舊夢，關在回憶的牢籠，不再往前。或是為了將對方留住，不斷嘗試，試圖伸出手卻又無法被接住，最後垂死掙扎的都是自己。

得不到最原始的狀態，情緒變得激動與暴戾，只想燃燒所有的原野，把自己與對方毀滅，往往卻落得兩敗俱傷。

因為愛，硬是把人留下，其實才是最痛苦的事情。

太希望事情變回原本的樣子了，但時間的推移，本來就會讓人與感情前進。

以往我都會將離別想的極為負面，我覺得那是一種裂開自己的過程，將本來已經締結在心上的感情殘酷地拆開，迸裂成無數的碎片，變得七零八落，無處可循。

但有些時候不是彼此變質了，而是往更好的方向前進了。因為我們會長大，我們會選擇不同的生活樣貌，交集的時候，正是因為生命安排了一次奇蹟，讓我們從中去幫助、理解、支撐，去愛對方。

人們以前都說，如果你真正愛一個人，你要學會放手。曾經我不甚理解，直到現在，我才稍微理解一二了。

唯有理解了離別的意義，才能讓放下變得灑脫。儘管分別的過程是痛苦的，放下代表著祝福，祝福以後在沒有彼此的路上，仍然堅強。

放下是一生的課題，但放下代表銘記了一段故事，原來彼此曾經相遇，曾經有過如此如詩如畫，燦爛無比的故事。

放下了才能夠擁有，讓自己重新擁有自己，讓你重新擁有你。你改變了我的生命，而我在放下你的過程中，可以再一次體悟你。

相遇太不容易了，茫茫人海，是什麼能將彼此帶領到彼此的身邊？親愛的，我想那是我們的心與靈魂匯集，不停的互換與尋求，在命運的牽引下，在彼此身邊瞥見了一絲曙光。

但有一天你的靈魂，會追隨更遙遠的旅程。而你也不再屬於我。

等到那天，我會讓你自由。

I will let you go.

不愛一個人以後

1.

他好像變了，他好像不如曾經那樣愛我了。與朋友談論感情時，偶爾會出現這樣的話題。人們的感情如同熱帶氣壓，就這麼自然地生成，降雨肆虐，擾亂了我們好不容易取得平衡的內心世界，卻又在某一天悄然褪去。

「愛一個人是自然的表現，那麼不愛一個人呢？」曾經在關係中發覺自己不喜歡對方了，其實我也很傷心，是那種無法理解自己的傷心。

有時候是為了在一段無果的愛中克制自己不要陷入太深，選擇慢慢抽離，忽然從噩夢中清醒，感覺陽光又照在自己身上，颯爽地活著；可有時候卻像是做了一場甜美的夢，夢卻戛然而止，看見了相戀的彼此仍存留在夢境，開心地跳著雙人舞，而我卻已經無感地彷彿看著電影落幕時的致敬工作人員畫面。

我想起小時候買了喜歡的巧克力，因為是僅有的珍貴，所以用力地攥於手心，卻沒察覺到烈日的照射下，巧克力終於變質，變成液體流出時，只覺得沾滿手心，既可惜又煩厭。

2.

不愛一個人的時候，有時候比愛一個人還痛苦。

當初他說的話多動聽，現在卻不想聽。當初的想念變成了一種累贅。擁抱的時候感到空虛，卻無法勇敢地說自己不快樂。

就像是糖失去了初始的味道，日子不再流光溢彩，我不再有任何的期待與知覺。不適合的證據正在攤開，比如說不喜歡他的沉默，不喜歡他回應的方式。兩人對生活的價值沒有共識，我重視的事情對他來說根本無足輕重。

原來他不是我喜歡的那樣美好，而我更不是他想像中的唯一。在一起的時候，或許我們都在忍耐，忍耐彼此的差異性，彷彿只要假裝沒看到彼此的裂縫，我們就能相安無事，繼續湊合。

但因為懂得不被愛的疼痛，體驗過不告而別的撕心裂肺，又怎麼能瀟灑的離去。我知道如果我傷害你，其實也在傷害著自己。不禁想問問你，為什麼你還要選擇愛我呢？

察覺到自己不對勁的時候，愈是不敢告別，我還怕我的答案不是你要的答案。

那時候的我很軟弱，我其實很懷疑自己，懷疑自己的心，竟然如此的不堪與薄弱。對不起很多事，但更害怕的事，是為了假裝自己還愛，而演了更虛假的戲。

也不是因為遇到其他人，只是單純忘記了對你的感覺，忘記了自己的熱切，也忘記了當時的快樂。

與不愛相伴的情緒是罪疚感，罪疚感讓自己勉強待著，心本是清澈的湖，卻被自己的意念所弄髒。我不是好人了，對你來說。

欲言又止與無話可說的情緒不斷交錯，我覺得自己已經崩壞地譬如槁木死灰，我跟朋友提到這件事，猶記得對方和我說：「放開一個不愛的人，你們都會更自由。」

向他說出口的那一刻，我竟然在漫長的無感中感到解脫。

愛像是秋天的一場風，我竟不忍直視他潸潸的淚水。

3.

分開之後，他若無其事傳傳訊息地跟我說，我以為你只會吃巧克力吐司。原來也會吃生菜吐司。

我在心底苦笑地想著，是啊。一邊對於他努力恢復我們日常的對話感到愧疚。愛散落成碎片，卻早就已經無跡可尋。

一邊想著連我這麼討厭生菜，為了健康，活下去的緣故也會咀嚼，但為什麼沒辦法撐住一場凋零的愛情？因為我的心已經沒有辦法再面對你。

沒有人能永遠不變，如果可以，我希望我永遠都是這樣子的人。

愛情如同時間變動，
愛也有自己的想法，不可能放進模型裡，永遠封存。
但很抱歉，我還是在夏天來臨之前，讓愛凋零了。

以後的以後，我們都不要再相見了。

最後一次了，我親愛的泥淖

想著或許是最後一次了。

離開一直都不是那麼簡單的決定。心知肚明，離開彼此，對你好，對我也很好，這是殘酷又不爭的事實，卻又不忍心。

在離開之前，還是想打電話問問你，你還想繼續嗎？

我啊，其實一直在等你離開我。因為我永遠不可能先放棄你。心裡一旦住了誰，哪有可能這麼輕易就讓他離開。

我總是盲目地相信命運，相信定是命運把你帶來我的身邊。如果不是命運，怎麼可能讓兩條平行線，忽然有了交集？

但曾經相知的心如此純粹，現在的我們就多麼破碎。我開始不斷回想，命運的骨牌是從什麼時候傾頹，一次接著一次的推翻了本來的平衡，讓我們終於無法回到本來的模樣。

而我們正在苟延殘喘，拯救已經碎掉的心，聯繫我們的是殘破的繩子，彷彿隨時就要斷掉。你像是把鈍刀輕輕地磨我的心臟，一點一點消磨我僅剩的耐性，我寧願你一刀用力地插入我的心臟，斬斷我所有的掛念。

你的態度忽冷忽熱，我不知道你還想要什麼。我也沒有任何的事物能給你了。

想著你，我起身走去了街道上，外邊沒有什麼人，有一些蕭條。一直以來不太敢獨自深夜出門的我，竟然能夠毫無恐懼地行走，我開始記得街道的名字。沿著青田街一直走，路燈微微亮著，經過了紅瓦牆，還有許多住宅，偶爾會有一兩輛機車呼嘯而過。

經過住宅時，我想著裡面居住的人快樂嗎？他們失去的時候，會不會也像我一樣失魂落魄。

夏日好熱，一直重複播放同一首曲子，胸脯好悶，卻又好痛快。我以為我會哭，可當心痛往復循環，已經沒有眼淚了。

我一直覺得你快離開我，但好像你又從沒有離開，而我緊緊抓住最後一絲信念。我在賭博，打賭你還是為我留一席之地。

想要放聲大哭，想要開口大笑，逐漸失去所有的理智，我看著我的情緒融進周遭風景裡，樹葉隨著風搖擺，似乎也在嘆息。

等著你的回覆，我不斷延長我的路途。好像再走遠一點，就能聽見你的答覆。

於是我一直走、一直走，走到身體都有些流汗，這場夏天好像因為你不曾結束。

直到我終於將這條路走到盡頭，才發現，原來我真的捨不得你。

而我還想再嘗試一次，不管以什麼樣的方式，想告訴你我的心情，狼狽也好，瀟灑也好，至少我對自己誠實——我得告訴你，我需要你。

如果有好好表達自己的心情，就算最後，仍是失去你，至少不會有悔恨了，因為我已經做了所有的嘗試了。

我又再一次收到你的訊息。

當我決定要放棄的時候，你卻說你要留下來。
所以我們永遠不會來到最後一次。

你就是我親愛的泥淖，我正在為你下墜，
以為只有你能把我救起。

可以的話，在世界灰飛煙滅之前，
我不想要見到我們的終結。

告別的擁抱

四點了。反覆在夢中醒來。

疼痛是藥也控制不住的，心碎反覆上演，原來你有那麼多眼淚，只是不曾讓他看見。你應該熄燈，別再想著他了。

他的一切已經與你無關。

心有大海，柔軟如潮，你是這樣美好的人啊。後來的日子，你會被愛的，也許不是他，那也沒有關係。

但為什麼，還是會一閃而過他曾經望向你的眼睛呢？

失去了一個人，最難過的是，就是往後想和他說的話，只能在夢裡訴說了。

記得很久以前，你也那樣失去過一個人。但每次的失去，都仍是如此真實，因為每個人在你心中都是特別的，他們都是獨一無二的，在你身上有那麼深邃的連結，那不是時光的利刃可以輕易割斷的。

但生活還是得過，明天還是得循著鬧鐘響起睜開雙眼，梳妝打扮，就算心如死水還是要若無其事，怎麼可以就這樣倒下呢。

那麼，不要擔憂，靜靜地睡下去吧。

關上燈，至少你有一整個宇宙陪你徬徨，在黑洞把愛吞噬之前。

你最愛的那首旋律響起，羊群正在星海巡迴，有些人用月牙去收割稻草，秋天的果實是心最嚮往的形狀。不知不覺，在黑暗裡，你長出了一雙蝴蝶翅膀，穿越層層森林，望見了你最想念的那個人。

他在巨大而靜謐的湖畔流淚，原來倒影不只有他，也有你。

夢裡你會筆直地走近他，再一次抱抱他，真摯地，不顧一切地，就像最初的那樣。

那麼，他會轉過來，再一次告訴你，「一切都沒事了。」

「以後我們都會沒事的。」

不管在世界哪一個角落，陌生或是熟稔。」

親愛的，即便明天也會有薔薇從心裡開出，就算有刺，那也是曾經美麗的證據。

然後你醒了，微風一樣吹拂，鳥兒啁啾。

或許⋯⋯那一天，他在夢裡和你告別了，但你知道，只要仍然活著，有一天，你們心裡的傷，都會褪去，變成夢裡渺小又閃亮的碎片。

到時候，你們都會沒事的。

愛的初始與破碎

你推開他的時候，只是想要確認他的存在。所有的拉扯，都是想要讓他永遠在自己的身邊。

因為你害怕自己終究會失去所有人，就像曾經你失去最重要的人那樣。

1.

忘記是哪一天閱讀到依附理論，當第一次看見「焦慮依附」這個詞彙，瞬間醍醐灌頂，覺得生命的困惑被攤開了，有點迷糊地想哭，卻又感受到一種沉重的理解。我感覺到長久以來，內心那些無法言喻卻又困惑無比的情緒，終於有了一個科學性的解答。

沒有得到愛的話，一切都不是很重要。因為我內心本身，除了愛以外，什麼都不想追求。他人給我的愛就是讓我活下去的理由。

這大概是頻頻痛苦的原因，像是淤積在心底的疤痕，永遠沒有辦法復原，只要好不容易遇見重要他人，我又會再一次陷入泥淖。

我很享受也很追求情感之間的親密感。接受親密的時候，就覺得自己很安全。重要他人不只是生活的一部分，會放在我的重心，對我來說，他們就是我的一部分。

所以抽離的時候，就像抽乾自己，讓人變得空洞。

2.

為什麼我會是這樣的人呢？

依附理論來自於最早親密互動的關係的研究。關於嬰兒與母親的互動方式，嬰兒會從母親對待他的方式中，慢慢產生成不同的依附類型。

如果在母親離開時會哭鬧，但母親回來時，又能恢復穩定的情緒，則是安全型的依附類型。在成長過程中，父母總是能夠給予正確與迅速的回應，這樣的孩子，就能夠很自在地與他人相處。

而焦慮依附則是在成長過程中，父母對於孩子的情感需求回應不一致，甚至是混亂，因為被忽略，所以要更用力地去取得對方的關注，進而導致在人際關係中不知道如何正確地與他人相處。所以想用討好的方式，來索求足夠的愛，因為他們的心底始終害怕會被拋下。

關於我的個性，其實源自於我與母親糾葛的相處，儘管難以啟齒，但的確深根蒂固地影響我的思想與行為。

在我的小時候，其實就不太知道如何跟母親相處。媽媽有時候會突然很溫柔，有時候卻又突然對我很失望。她暴躁的時候會大發雷霆，會說出「如果沒有妳就好了」這樣的言語，但當她恢復平靜與心情的時候，又會告訴我，其實媽媽很愛妳，帶我去買好吃的點心，還有我想要的東西。

在行為上，她有時候很愛我，但有時候我似乎只是她發洩情緒的工具。母親生了病，因為身體上的慢性病，她開始變得足不出戶，也辭去了本來的工作。她的世界彷彿只剩下家庭，剩下照顧孩子，我跟妹妹，卻沒有她自己。

我很希望她不要忽冷忽熱，不要過度要求又斥責批評。當時我想，我覺得只要做個好孩子，她就會滿意了吧。於是我不斷試著考好的成績，爭取好的名次，認真聽她的話，也願意做一個好姊姊，學著分享與給予。但所有的方式與手段我都用盡了，她卻還是沒有辦法快樂。

我知道她是愛我的，但她的愛讓我很窒息，讓我沒有任何的選擇意志與自由，只能成為她希望我成為的人。很長一段時間，我覺得讓我成為她希望的人，我們的關係就會變好，她就不會再因為我的誕生而責怪我了。

在青少年時期，我幾乎放棄了一切的自己，去滿足母親的期待。除了在學校能交朋友，母親的過度保護慾限制了我的所有自由，她怕我失縱，於是下課只能回家，寫作業與讀書。在她覺得保護我避開世界危險的同時，也徹底讓我變得無能。

以愛之名的綑綁終於讓人的思緒崩解。她愈是緊緊抓著，我的心變得愈是乖張叛逆，我常常怨懟母親，總覺得都是她綁住我的一切，我總是想著十八歲以後，就要脫離這個糟糕的地方，脫離有她的地方。

我們的生活就是互相勒索，她愛我的同時，認定我是一個糟糕的女兒，永遠不夠聽話，成績永遠還有進步的空間。我恨她的同時，又由衷感謝她對我的照顧，我的個性愈發驕縱跋扈，因為當我想要什麼，母親就會盡量滿足我，甚至是過度溺愛。當我讀書讀到一半想要喝奶茶的時候，媽媽就會出門幫我買奶茶，假日媽媽會帶我去挑新的衣服以及髮飾，每一天她都早起送我去學校，除了她對我的控制以外，她的確是最疼愛孩子的母親。

但溺愛與控制同時存在時，那樣兩個不同張力的矛盾反覆折磨，終於讓我的靈魂破碎不堪。我覺得自己再也無法理解愛的全貌。

她因為孩子好辛苦，我因為母親很辛苦。那麼為什麼我們會是家人呢？

一旦我反抗，母親會比我更激動，她尖銳地在愛著她的孩子。

有一次我們都處在激烈的情緒上爭執，已經快要失控，因爲心裡實在太受傷了，我脫口而出：「我現在就要離家出走，再也不會回來了。」她因為怕我真的離開再不回來，便以死相逼，不准我走出去家門。那時害怕又擔心的我，著急地打電話給認識的大人，想要尋求幫助。我想只有第三者才能更公正客觀的解決這件事。但試過以後，才發覺沒有任何外人解決得了。

畢竟一個家庭的愛恨糾紛，終究不是旁人能看得清的。

但生命是她給的，我又能如何呢？我是膽小的，頂嘴生氣甩門就是我能做的極限，我沒有辦法離家出走，一方面我沒有這樣的能力，但更重要的事，我沒有辦法真正讓她傷心。

我同情母親的境遇。我覺得她又討厭又可憐，我既恨她又愛她，導致後來我對於所有人事物的心情都是複雜而混沌的。

在那段灰濛濛青少年的日子，我常常在想，以後一定要離家很遠，我要脫離她給我禁錮的牢籠。而母親又是什麼心情呢？如果她知道我一直想離開她的生活，內心會不會很寂寞呢？

但當時我卻只看得見自己的傷心。卻忘記做為一個母親，其實比世上所有的事情都還要高尚與艱難。

3.

她離開的那天，是個特別料峭的冬天，明明已經三月了，卻一點也沒有溫暖的春色。那陣子她的身體好像特別差，早上跟晚上都會咳嗽，但爸爸有帶她去看醫生，我以為只是和平常一樣不好而已。

那天早上她還有傳訊息跟我說愛我，雖然她平常也會這麼做，但那一天感覺她是有這個意識，特別想這麼做。當我正在宿舍把衣服丟入洗衣機的時候，我什麼都沒有想，卻忽然接到舅舅的電話。

他問我現在在哪，聲音是隱忍的崩潰。他已經盡量用很冷靜地態度向我解釋這件事。

「你媽媽已經停止呼吸了，因為是突然心臟病發，已經在急救了，他們都趕去醫院了，不……不要害怕，我馬上載妳回新竹一趟吧，去見你母親最後一面。」

我整個人瞬間癱軟。覺得從頭到腳失去了所有的力量。世界崩壞的時候，是眼前一片黑暗，明明張開雙眼，卻什麼都看不見。

我後來好像有打給爸爸，但我其實不敢認真聽他講什麼，只記得他在哭。我第一次感到我那麼無力，在另外一個城市，沒有辦法陪任何人度過一切難關。

我很快地收拾我的行李，生命中的巨變來得太快，上課讀書變成了其次，室友們陪我走到了門口，我記得我一路上都在哭，沒有任何的言語。比支離破碎更恐懼的是，我什麼都沒有了。

我印象最深刻的路，是那天的高速公路，舅舅跟我一路上都沒有說話，我在後座一直隱隱啜泣。窗外有那麼多輪路燈，在我的眼睛模糊成一個又一個好看的太陽，但我卻沒有辦法相信明天的到來。

那是世界最長的路，從生命的熱烈走向死寂。我多希望趕快抵達目的地，又希望永遠不要抵達目的地，就不用接受任何事實了。

在那趟車程裡，我閃過最多的念頭是，如果生命真的存在等價交換，現在忽然有一場車禍，我可以代替母親死去就好了。

4.

有人說，醫院是世界上愛具體存在的地方。你會看見生死離別，看見希望與絕望，那是藏不住任何秘密與悲傷的地方。

抵達醫院的時候，我只覺得爸爸蒼老了很多，我甚至忘記妹妹有沒有在旁邊。終是沒有跟母親見最後一面，終是錯過了告訴她，我很感謝她所為我做的一切。

來到了病床前，我看了媽媽最後一眼，只覺得撕心裂肺。但心底竟然有一個聲音，是覺得媽媽終於解脫了，從病痛中，從漫長的不快樂中。她看起來如此安詳，她的生命終於不會有任何傷口了，從此只會有鮮花與美好的記憶伴隨她。

但我怎麼辦呢？

我被教養得什麼都不會，只會被照顧，只會做個順從柔弱的孩子，現在這世界忽然抽掉保護我的襁褓，我該怎麼面對未來的一切呢？

我幾乎沒有辦法想像未來的生活。但我用盡全力保持冷靜，安靜地陪著爸爸辦完所有的手續，那天晚上好像還有警察局的筆錄，還有殯葬人員忙進忙出的辛勞陪伴。

母親被妥善地收到冰冷的地方。經歷了這些已經凌晨三點了，我的身體也冰冷到一個極致。

那一天晚上，妹妹提出了想跟我一起睡的念頭。平常的我一定會拒絕，我最討厭和妹妹一起睡覺了，但那一天，我只覺得妹妹她也很需要我。我們在上下鋪的上層裡睡覺，雖然背對著背，但我知道她正在哭。

而我知道，從今以後我要更努力當一個好姊姊，讓妹妹與爸爸都不會再有孤單的感覺。

因為我真的好孤單。

5.

那幾個月的記憶都是模糊的，顛簸的，好像活著又好像死著。

母親的告別式在教堂舉辦，不知道為什麼，也許是因為我是平常最善於表達的，所以那天的親人致詞是由我來寫的。我忘記在臺前講了什麼，只記得我很用力忍住眼淚。而那天我和妹妹各寫了一張給媽媽的卡片。

後來的記憶片段就是更讓人追心刺骨痛的畫面了。殯儀館、山上的墓園、靈骨塔母親笑得燦爛的照片，隔壁還有許多心碎的人們。墓園是一種集體性的悲傷，人們壓低聲量談著話，有些人認真地凝望照片懷緬，而有些人看著腳尖，強忍著不要讓淚水奪出眼眶。那年的三月到六月，我好像失去了任何記憶的能力。那是我的大一，本應該快樂的日子變成行屍走肉，但我還是得生活。

我不寫任何的日記去抒發心痛，或許是對於生活已經麻木，或許是文字也不能承載更多的傷痛。因為也沒有人懂得。

高中的好朋友發現母親離開我了，試著表達關心問我還好嗎？我知道他們都是善意。我知道大家都是希望我可以快樂一點。

但事實上，一點都不好。

極大的悲傷摻雜著憤怒。那年五月的第二個禮拜日我只是想要把世上所有康乃馨撕碎，我想要沉默的死去，想要去另外一個世界質問母親，為什麼丟下我？

不是說好愛我一輩子嗎？她的確愛了我她的一生，卻不能陪我的一生。而憤怒中又有著無法消化的悲傷，嚴格來說，我沒有想死，因為我也好害怕疼痛。但我想停止活著，就不用面對錐心刺骨的苦楚。

我覺得我溺在失去她的世界裡，對於什麼都不再感興趣。我還是在學校上課，偶爾昏昏欲睡，用所有平淡無奇的日常，去平衡內心巨大的創傷。我佯裝什麼事都沒有，也不再任何人面前流眼淚。因為我很怕只要我坦白了我的脆弱，就會一直脆弱下去，像是一盤散沙，被殘酷的大海沖散，一點也不剩。

每每我看到任何失去家人的電影都會泣不成聲，只要朋友們言談之間聊到父母，我都覺得自己的心缺了一角。曾經習以為常的溫暖，卻變成無法觸手可及的晨星。

而黑夜卻是如此漫長。

生病的時候沒有人會來學校接我回家，幫我溫熱牛奶，再帶我去買麥當勞了。也沒有人會在我疲憊或是不舒服的時候，在睡前幫我蓋好被子了。我這樣渴望自由的人，竟然開始恐懼任何的失去。

母親離開了，而我正在潛移默化變成她的形狀。

後來這些年我變得患得患失，對朋友、對愛人都變得沒有安全感，潛意識裡認定大家都要離開我，所以對關係愈趨焦慮，伸出的手抓得愈緊。我的尖銳使我刺傷了最親近的人，極高的標準，將原本融洽的關係撕扯到極致，有時兩敗俱傷了卻沒有辦法離開。

我變得對小事易怒，變得對愛無止盡地索取，我不停地測試關係，沒有辦法真正信任人。因為我好怕再一次被丟下，好懼怕再被最愛之人丟下。

我想我承受不了更多的傷了。

只要再遇見有人放開我的手，總覺得同樣的悲劇輪迴又再重複一次。

像是同樣情節的電影，灰色的螢幕，結尾致命的一槍，卻只有我一個在那裡，擊中我的心臟深處，流出同樣鮮紅的血，而沒有人能拯救我。

那樣渴望愛的我卻因為害怕失去，選擇終結本能幸福的一切。

6.

那年的班導師是文學教授，某次下課，她叫住了我。她送了我一本書，是《風沙星辰》。她平淡溫婉的和我講了幾句安慰的話，我甚至記不得對話的內容。

關於《風沙星辰》這本書，作者是寫小王子的安東尼·聖修伯里，而小王子是我最喜歡的書之一。

與小王子這樣極致浪漫與充滿幻想，絢爛色彩的故事不一樣，《風沙星辰》描寫著以飛行員的身分執行任務，經歷墜機、瀕死的故事。

我一開始碰到這本書紅色燙金的封面，竟忍不住想著，送給喪母的學生的書，不是該更有連結性嗎，或許關於失去，或關於復原，怎麼會送上一個完全無關的書（還是她只是隨手抽一本自己抽屜裡的書呢）？

直到我打開了這本書，緩緩地閱讀，才終於能理解她的用意。這本書主要描寫主角在撒哈拉沙漠墜機，與死神數度擦肩而過的故事。

是這樣充滿著死與生的一本書，風沙與世界是殘酷的，死亡迫在眉睫，生命如此的脆弱不堪。因為與死擦肩而過，從中理解了活著的可貴。飛行的時候不可能完全看見方向，但勢在必行。

我的確在面對死亡，面對母親的死亡，已經一部分我內心的死亡。我被困在無人能抵達的沙漠，從高處重重地被砸下，眼前一片迷霧，只剩下絕望。

我破爛不堪，等待求救，為了活著已經什麼都不剩了。逆著風沙，只為了尋找黎明的出口。我想活下來。

「我熱愛的不是危險，我知道我熱愛什麼：我熱愛生命。」書中這句話深深扎進我的心底。

我無法避免那些苦難，那些死亡與生命帶給我的苦痛，就像我避免不了愛一樣。媽媽離開了，但我還是得繼續活下去，活下去找到屬於我的生命意義。愛源自於生命，卻照見了生命所有的可能性。

帶上媽媽獻給我生命的初始，不是替媽媽活下來，而是自己開啟自己的旅程。

因為愛，生命輕易地破碎與瓦解，但破碎以後，還是要去尋找生命的意義，並且活下去。

我要從無盡的悲傷，從愛的破碎裡，重新拯救自己。

因為我沒有失去自己。

7.

現在想起母親還是會難過，但比起難過，更多的是感謝。我想她遇見我以後一定很沒安全感，沒辦法，畢竟是第一次生女兒。

她害怕她的女兒永遠沒有辦法長大，沒有辦法照顧好自己，但我做到了哦，我已經敢吃綠色蔬菜，學會看路線，可以去遠方旅行，並保護好自己，也能夠不再憎恨生命，發自內心地愛人了。

我想她一定比任何人都還想陪在我的身邊，看我長大。我想所有的翠綠山巒與蔚藍海洋裡，都藏著她的眼睛，她就在不遠又不近處，看著我吧，或許會像以前一樣，看著我的模樣，突然狂喜地說，妳好漂亮。

她的愛不盡然是用最正確的方式表達的，但沒關係，我可以理解她。她其實只是希望再多一點點在乎，再多一點點的愛去確認她的存在吧。

就像我一樣。

我不會是她，我也會努力控制自己，我想成為在愛裡更自由的人啊。但我願意理解她的苦衷，也終於理解了，原來對於母親來說，愛就是這世界上最偉大的事物。

就算愛如此的矛盾與激烈，我們永遠在規則之外，也在時間太過稍縱的疆界裡，什麼都來不及抓不住，什麼都看不見。

但我看得見愛。我看得見，像看見天上的星星與月亮。

我愛妳，就像妳愛我那樣。永永遠遠。

（此篇獻給母親。）

成為自己的家

家有時候
是抽象的概念
有時候是實際的居住處
是最堅不可摧的後盾
也是最盤根錯節的思念

家是破碎的
也是甜蜜的
是你凝視他的肩膀
是他替你日復一日量身高
是他為你一語不發扛下了難熬重擔

是她看著你慢慢長大
是你看著她逐漸蒼老
是你相信
找得到他的時光
是歷經風霜也渴望回去的故鄉

但家更多時侯
只是你自己
無關任何人
只是讓你充滿愛與自由
讓心有容身之處
的地方

Home is inside you

1.

在台北住了多年以後，竟然覺得台北一直很像我的家。曾經不太認路的我，已經能完整得叫出這裡的路名。也許是自從自己開始長大，離開家以後，都要在另一個地方，找到屬於自己棲息的地方，就算那稱不上是家，也好希望它有家的溫暖感覺。

我永遠記得大學第一天開學前，準備北上的時候，我很緊張。我整晚都沒有辦法睡好，我太害怕未來的世界了，我該怎麼去承擔。對於習慣被保護的個性，其實就算有再尖銳的靈魂，也很容易被自己綁住。

對於別人來說輕而易舉的事情，其實對我來說，都是嶄新的。大學某個活動，大家一起坐捷運，表情都平淡無奇，但只有我在內心雀躍不已。

我對台北一直有一種難以名狀的感情，發現很多我很愛的人，都是在這個城市開始和我有連結的。大學的室友、好友，高中後而仍有聯絡的同學，因為工作而熟識的朋友，都是在這個城市讓彼此接近的。

但這些年停停走走，我想我真的很努力地開啟我自己的人生。我花了很多時間才讓自己看起來成熟，有很多我曾經沒有具體想像過的事情發生，例如下定決心申請交換，去了另外一個地方生活；或是無數個日夜，跟朋友或是自己練習面試，就算遇到挫折仍是不氣餒，直到獲得第一份工作。

原來心長在自己身上，只能自己決定航向。

2.

以前我一直不認為自己是個完整的人。

我很容易孤單，同時也很容易感到迷茫，那就像心裡破了一個大洞，無論是誰給了再豐厚的事物，都沒有辦法真正留住，不斷從我心裡流失。

我覺得那些悲傷都是因為我不夠完整。我的心一直很破碎，一直在嚮往家跟離開家中徘徊，一直在渴望愛與推開愛中循環。

或許是我太緊握那些以前的傷口，也或許是潛意識，我記得他人同情與悲憫的眼神，記得自己的苦痛與眼淚，記得控制裡的窒息與枯燥乏味的煩悶。

儘管我變好了，記憶裡還是讓我不斷質疑，現在是否有力量，成長成我想要的模樣。我很想要擁有不會變質的事物，但破碎的我是否無法容納更多了？

儘管外殼堅固了，我認為我的內心就會是這個腐爛模樣，永遠。

但後來我想，不完整又何妨？還是可以笑著生活下去吧。我試著帶著我的傷去碰撞世界，偶爾擦撞，偶爾順遂。

於是這個城市，陪我度過無數難過的瞬間。就算心裡一開始是孤獨的，在這個城市不停兜兜轉轉與探尋，仍然遇見了太多特別的驚喜，經歷了筆墨難以形容的美好時光。

獨自一個人找到秘密基地，在燈光昏黃的咖啡廳裡啜飲可可，和朋友相聚共度酒酣耳熱的夜晚，一起分享生活的點滴。

或是與喜歡的人去河堤旁看著最靜謐的河面。我很是珍惜當下的快樂，擁抱每次與眾不同的溫度。

很奇妙的……我的心像是有了一個廣袤空間。以往我不願意面對，懶得整理，她像是一個荒漠，早已枯乾殆盡，寸草不生，卻忽然有了陽光與愛，開始長出花草，形成茂密的花園。

我好像能面對自己的過去生活，也能夠看向前方了。

3.

印象中，有個午睡後清醒，還要走一大段路才能夠去學校，一個人在時光裡漫步，就像在自己的記憶裡夢遊。陽光照在身體，也照在靈魂的縫隙，我感覺到活著的滾燙。

看著地上的樹影婆娑，被風吹的時候額頭有點冰涼，當走路走太久的時候，腳也會痠痛。在這種必須一個人行走的時候，也會因為疲憊與體力的消磨，而感到生活的真實感。

雖有擔憂，生活不可能只一帆風順，但我正感覺到踏實而真切的幸福，心裡有正在掛記的事物。我開始覺得自己滿盈，我的心也能夠輕盈。我的雙眼還想要觀察更多，探索那些未知的一切。

而我的心從今以後會降臨何處呢?或許只要一直不放棄尋覓，答案就會愈來愈清晰。

這時候我才發現，不只台北像我的家，新竹是我的故鄉，我的心就是我的家。我要好好對待她，不要輕易地讓她流淚，如果不小心流淚了，也能夠重新堅強起來。

或許妳是脆弱的，可是妳也擁有能力讓心裡重新完整，讓她成為不易摧毀的家。妳也可以成為自己的家，保護自己、支撐自己，讓自己完全地屬於自己。

Dear, don’t forget. Home is always inside you.

不能忘記的理由

有人說忘記是一種禮物，但我認為「記得」也是，或許記得更是。

有件事讓最近的我很困擾，就是記憶力不如以前那樣好。也許是生活變得充實了，或者多了手機去替我記憶，工作的事情則看信箱與線上的行事曆，而旅行途中，遇見覺得有趣的事情或是美麗的風景，則拍攝下那些照片，特別想珍藏的就用拍立得印出，提醒著自己。

日常散落在各地，即便勤奮地書寫記錄，還是跟真實有了微妙的落差。偶爾想不起來，我會去限時動態翻閱，看看不同的時間軸裡，自己原來這麼生活。

高中的時候，為了專心讀書，我的手機不用任何社群軟體，現在想想大概是很封閉的一段日子吧，但與此同時，很多記憶都牢固地存在腦海與心中。關於珍貴的事情，只要閉上眼睛就會想起，仍然閃閃發光。記得考壞的成績，陽台外小心翼翼的談話，誰的忽然靠近，記得那天傷了怎樣的心，記憶都是一五一十而誠實。

對比於現在，我好像失去了很深刻的記憶，所有的事情倏忽即逝，我卻抓不住它們的軌跡。偶爾感覺日子正在失真，我好像被拔山倒海的空白淹沒，還來不及記得所有精彩，美好卻已經斑駁。不論我多麼努力去記得，卻趕不上快速變動的生活與計畫，不斷泅泳，拚命只能撿起特別的貝殼，卻丟失了時間掏的細沙。

關於好的記憶力，我很羨慕外婆。每每跟外婆聊天的時候，都會從她的言談之中，發覺她精準的記得小細節，包括小學時用的課本、外公哪一年去哪裡旅行，或是她的孩子們童年時發生的趣事。我想她之所以記得的一清二楚，一定是因為她很珍惜，所以才用心銘記。

不能忘記的理由，是因為我們珍愛這不斷消逝的一切。

生命會有盡頭，但記憶卻是永恆的詩篇。如果人一生的記憶都被存放在一個無限的空間，盛大而神聖，我想像那一定會是很美的教堂吧，如同巴賽隆納聖家堂交映著五彩的光芒，而最頂端的記憶，我想定是跟愛有關。

不想忘記的事情呀，細數真的很多……不想忘記那年 101 大樓擁擠的跨年煙火與在操場下的散步，不想忘記在北海道的初雪與雪天使，不想忘記媽媽的聲音，不想忘記生病時家人擔心的關懷，不想忘記朋友從谷底又一次將我救出，不想忘記第一次我們互相說出了愛，不想忘記他第一次給我的驚喜是粉紅小熊，不想忘記他說永遠不會放棄我。

嘿，你有很愛的人嗎，
也有不想忘記的事情嗎？

正在寫作的時候，和他說，
可不可以過來抱抱我，沒想到他在句子的結尾，
多加了一句：「我愛你。」
為了避免自己遺忘，
這件小事，我還是用最簡單的方式記得。

雨後

偶爾會陷入一蹶不振的低潮，有時候是難以改變的無能為力，有時候是已經失去的遺憾嘆息。

明明內心遍體鱗傷，沒有人可以精準的訴說，不回覆任何人的訊息，同時覺得沒有人正需要我，其實是很矛盾的一件事，明明只要伸出手就好了，我卻困在自己的痛苦囹圄，咀嚼著一遍一遍的心碎。

睡醒的時候，正是下午兩點，雨降了下來，敲擊著窗與冷氣，滴答滴答，像是夢中的鈴聲。從甜美的噩夢驚醒，眼皮仍然沉重，朦朧氤氳的感覺，好像把前一天的思緒都忘記。

如果任何的事情都無法治療我時，我會選擇睡覺，睡眠好像是我最能逃避痛苦的一個方式，我讓夢分解，剖析了我的不安，光怪陸離的任它解讀，而我可以當個無關的旁觀者。

好不容易梳洗，準備出門買午餐的時候，發覺雨已經停了。

天一邊灰濛，一片雪白。空氣裡還有那種濕濡的味道，我的嗅覺一向遲鈍，但雨後的味道卻是那麼清晰，是草皮混和著土壤，一元復始、世界萬象更新的味道。空氣是微涼的，想到這樣的夏天不會滿頭大喊，不自覺得鬆了一口氣。

雨降下的時候，宇宙好像也正在傷心，所以沉重地哭泣。原來它和我沒有什麼兩樣，自然界的現象其實和人的情緒如此相像，水珠凝結成雲，雲累積一定的質量便會下降，形成降雨。如此往復循環。

走在回家的路上，陽光忽然從雲中傾瀉，一點一點。正值夏日，四周緩緩地恢復燥熱，還有香氣，路邊野花上的露珠折射出璀璨的光芒。

那時候我覺得心裡有什麼傷口都沒有關係了。心再怎麼破碎不堪，或許也會循環往復。

我的傷心或許只是一場自然不過的雨季，
我可以陪它慢慢痊癒。
金黃的光照在我的身上，不假借任何的溫柔，
我也可以自己行走。

巴黎的重生

Reborn in Paris

1.

那是存在於巴黎的四天。在尚未造訪法國之前，對於當地的想像是浪漫，而在浪漫中又聽聞它的危險，所以在決定飛去巴黎的時候，事先做了萬全準備。

聽說治安沒有那麼好，為了防範扒手，我甚至將出遊玩的費用分成三份，有一份放在背包最內層的夾層，其中一份放在靴子裡。當時背包確實有遺失的東西，是一條OREO巧克力。我還和同行的朋友說，幸好失去的只是一條巧克力，而不是錢。

整趟巴黎的旅程除了小心翼翼的心情，同時在四處又遇見驚喜。當時是九月，天氣不再炎熱，天空卻一如既往晴朗。

在河畔邊有一間間餐廳，人們非常悠閒的在戶外的位置享用晨間時光。和朋友們抵達巴黎後的第一餐，早午餐我點了焗烤蛋吐司，還有一杯柳橙氣泡水，雖然不熟稔法文，觀察當地人說謝謝，Merci。我也這麼開始向店員說道。

遠處的風景是塞納河畔，兩側樹木蓊鬱，四處生意盎然。陽光太好，陽光輕輕地灑落在附近的河畔上，碧藍色的河水發光，一切都是波光粼粼，如夢似幻。

於是早晨又這麼開始，興奮中帶有旅程方開始的雀躍。你永遠無法預測會遇見什麼。

2.

那時有幸曾親身抵達聖母院（Cathédrale Notre-Dame de Paris），在它尚未在大火燒毀之前。聖母院的外觀是壯麗而神聖的，內部有玫瑰花窗。人們是虔誠的，有些人進來會選擇奉獻點燈。

人們都帶著各自的想念與願望，與神進行對話，而每個人都有各自的理由祈禱。在那個當下，其實會感到渺小又偉大——關於自己的渺小，以及相信的偉大。

那時在歐洲大約一個多月，想到了在台灣掛念不已的家人，不知道他們過得好不好，想到了出發前一直捨不得分開的戀人，有時候還會因為時差與距離的關係跟戀人爭執，我是那樣軟弱的人。

同時也想到了這個時間出來探索自我與世界，是不是就讓自己比同儕晚一步，去尋找自己的未來。幸運之中還有太多糾葛許久的煩惱，我很怕我做錯了選擇，體驗了整個世界又如何？我根本連未來要去哪裡，都沒有任何頭緒。

而我悄悄地向上帝許了一個願望，希望世界與愛人皆為平安。

還有，希望我可以變得強大，好好生活，與生存。

3.

法國也讓人聯想到她的甜點，愛吃甜食的我，幾乎在每一個景點，都在搜尋有什麼不能錯過的法國甜點。

當時興奮地造訪了香榭大道的Ladurée，門口是粉綠色的外觀，讓人以為來到了電影場景。因為當下沒有內用位置能仔細品嚐，我外帶了一塊蛋糕，想說留著晚上回青年旅館以後再慢慢享用。

連袋子都是精緻典雅的，淺綠色的袋子，上面印有蔓藤圍繞了Ladurée一圈，下面有小小的Paris字樣。能夠抵達夢幻之都巴黎，還能夠品嘗最喜歡的甜點，那是我想好好珍藏的回憶。

當天晚上，和朋友們去逛了家樂福，整個超市琳瑯滿目，我挑了大家都說要買的LU小王子牛奶餅乾。走出店大約過半小時後才意識到，我不小心把下午買的蛋糕遺落在結帳的櫃檯，於是感到十分的懊惱。十歐元，換算為台幣也要三百元的甜點。

我開始埋怨自己怎麼那麼不小心，作為交換生當然有預留一筆去歐洲各地旅行的預算，但除此之外，生活都得經精打細算，想起在荷蘭時，為了不要讓一天餐費太多，中午習慣吃麥片，每天晚上自己烹調晚餐，就覺得對這十歐元憑空蒸發很心碎。

在法國的時候，心情就像坐在雲霄飛車，時上時下，波動得極快。我想變得強大，變得不會被自己的軟弱擊倒。但事實上，光是一個蛋糕都不見了，我第一時間著急的反應讓對我自己很沮喪。

時間已晚，差不多該回旅館休息，就算回去找應該也找不到了。
究竟是這個城市的問題，還是我自己呢？
旅程中應該要盡情快樂，我卻沒有辦法瀟灑，瀟灑地接受本來就有失有得。
我選擇來歐洲，就有一陣子必須遠離我熟悉的人事物。
而我選擇獨立，就應該為自己喪失的那塊蛋糕負責。
我的蛋糕，是到另一個陌生城市抓住一切的夢。

在巴黎街頭，白色的拱門前，陌生的語言，指示牌前，巴黎夢寐以求的美讓我沉醉，也讓我墜落。

4.

隔天上午，我們搭了火車去了凡爾賽宮。

進入凡爾賽宮必須購買門票，外觀是巴洛克式的建築風格，而裡面真的只能以金碧輝煌來形容。有人說過凡爾賽宮是路易十四的夢想，占地原本是作為狩獵小屋使用的，後來被他改建為宏狀輝煌的皇宮，象徵法國的權力與他的地位。

無論是鏡廳，還是皇室成員居住的房間，天花板被金箔包起，無數的水晶吊燈垂下，而牆面則鑲有壁畫像。其實並不難理解他所渴望的，那是一種絕對的權利與奢華的展現。

只是身在皇宮裡面，真的會不由自主驚嘆，建築、藝術、文明與歷史竟然這樣完整的被保存下來，也竟然有許多的人歷經千辛萬苦一起完成這樣浩大的建築。經歷過漫長的時間，王國興衰，人類歷史的邁進，如今還能見到這樣華麗的建築，盛大與殘敗都藏在每一處角落，如此迷人。

可真正讓我愛上的是凡爾賽花園。

進入凡爾賽花園又需要購買另外一張門票。當我排隊要準備買票時，後面的旅客點了我兩下肩膀。

他說，因為小孩其實不用門票，所以多的這張票給我。那瞬間心情忽然又被帶到雲端上。有點感謝、有點驚喜，又有點感動。

原來我昨天失去的東西，今天以另外一種形式還給了自己，生命的本身竟是如此錯綜複雜，卻又有條不紊的在循環。

一開始跑進花園，像是愛麗絲跌入了兔子洞裡，展開夢遊仙境的旅途。

凡爾賽宮是幾何對稱的花園，最中央有巨大的池子，向前望去是一望無盡的林蔭大道，兩側的樹木青翠欲滴，一路逛去，也會經過許多閃閃發光的噴水池。

天氣正好，遊客如織，一路上我拿著單眼拍個不停。走到腳痠，就在花園道路旁邊的椅子坐下。抬頭看向藍空，同時也發現初秋的氣息已經染上這裡的樹木了，從下層的綠色漸層成漂亮的橘黃色。

和朋友們決定各買一支冰淇淋，選擇了最喜歡的巧克力口味。

忽然覺得昨日好傻、好可愛，那樣的煩惱微不足道，關於不小心錯失掉的那些，或許都是必經的過程。

但旅途總會帶領你去經歷那些獨特，獨特充滿在不經意之間。只有你容許自己張開手，它才會像雪花一般掉進你的掌心，片片分明。

那是如此難忘的一天，凡爾賽花園，藍天白雲，碧草如茵，有歷史斑駁卻鏗鏘有力的痕跡，有朋友在身邊，有找到一些善意。

將迷茫擱置一旁，就像個孩子一樣觀察偌大的世界。不知道是旅程是幸運，還是我自己幸運。在最不經意的瞬間，已經獲得一切難能可貴。

或許可以這麼說，在巴黎的我小小地重生了，並不是醍醐灌頂的震撼，卻是柔和而堅定的耳濡目染。

此刻眼前的風景，將她雋刻進生命裡，緩慢的延伸，織出一條明亮的道路。

而生命遺落的，總有一天，將會在往後拾取，以另一種無法意料的美麗方式。

奇蹟真的存在，或許不只是你期待的，而是要勝於你所預想的。

我不想等待快樂了

不快樂的日子其實很多，不快樂的理由也有很多種。

因為睡眠不足而無法快樂，因為比較產生嫉妒而無法認同自己，因為失去而痛心疾首，不快樂的理由實在是太多了。以前我都以為快樂是要別人給的，將快樂捧成一束花送至我的面前，或是一定要有人的存在與陪伴才能夠逗我開心。

我以為甜蜜的戀愛能夠讓我快樂，也以為成群的三五朋友、昂貴的餐點，與奢華的場景能消彌我心中不滿足。我讓自己的生活像是一個電影交替著絢爛的光彩，實際卻像是角落裡沒人留意到的醉漢，嘀咕著自己的不快樂，卻又無力改變。

我發現無論是哪一種奢侈的、或是讓人稱羨的方式，其實都不能輕易讓我快樂，就算有，那也只是暫時的。因為那並不是源於自己，我只是在同一個巷子裡，來回逡巡。甚至有時候還會因為自己的情緒，影響到身邊的人，非得讓每個人感受到我的不快樂與鬱悶。

直到有一次在網路上看影片，我看到一句話，她說：「不能期待另一半為你創造快樂，因為快樂是你自己的責任。」

不只是期待另一半，還包括期待周遭所有人。

那時忽然醒醐灌頂，我一直在重複著把自己的快樂交給他人決定，而不是自己。

曾經我很像沒有任何意志的機器人，總是去執行一些別人替我安排好的事情，比如說學生時期讀書寫功課，因為是義務，所以即便枯燥無味，我還是會把它完成，即便那件事並不有趣。

或是有朋友約我去哪裡玩的話，我就一起去。我很少想到我自己可以做什麼，或是我可以與他人一起做什麼。我總是被動的，我的快樂建立在別人期待我做什麼事情上，而不是我自主地去思考，怎麼樣我會開心。

從那以後提醒我自己——美好與快樂是要自己創造的。如果只是一味的等待，只會將手裡的韶光揮霍殆盡，一直倒數著時針卻不行動，並不能真的為自己帶來什麼。

所以我不想要等待快樂了。我決定走向它。

我開始打起精神，決定安排自己的生活。我開始尋找著我有興趣的事物，包括學習拍攝喜歡的風景、包括安排造訪喜歡的咖啡廳。

我想起快樂的瞬間其實很細微，都是些小事情，而對我來說，便是去做自己「真心」想做的事情，並花時間去陪伴想要陪伴的人。

雖然有人會批評「小確幸」、「療癒」只是一種自我安慰，這大概是渺小卻實用的快樂魔法，而我們的日子，的確也是這樣一閃而逝無數的片刻，組合而成的，對吧？

我開始主動出擊——

如果想見誰，我會坦白地詢問對方有沒有空，一起喝杯咖啡吧。如果天氣明朗，路過公園，我們可以繞一圈，看陽光照在彼此的肩膀上，說起以前的故事，還有地上被樹葉篩過散落的影子，會匯集成什麼特別的圖案。

分享一首正在聽的歌給品味相似的朋友，當喜歡的事物被喜歡，也會感覺到幸福。

至於喜愛的電影，就準備爆米花與飲料與愛人與家人看一整天。就像我特別喜歡看《名偵探柯南》，每一年都去電影院看，不去錯過。

偶爾去造訪一間舊書店，買一本會讓自己感動的書，在忙亂的日常中滌洗自己的思緒。

告訴身邊的人你很重要，如果行有餘力就好好的去表達。

我送過朋友一朵玫瑰，也曾在節日的時候準備一張卡片與零食給對方。曾經拜訪過幾位朋友的家，我意識到深刻的關係有時候是願意敞開與給予，在過客一般的生命裡，締造一種羈絆，那會是很特別的經驗，而快樂在於感受，感受到自己正愛著對方，也願意接納對方給予的善意。

快樂同時也意味著容許著自己傷心與大哭一場，卸下所有的情緒。

我買了心愛的娃娃回家，他們在我傷心的時候，也一起安撫著我。雖然沒有像重慶森林裡的娃娃們，會一起哭泣，但它們都毛茸茸的，讓人在黑暗中擁抱時無比安心。

當日子灰暗的時候，就規劃下一趟旅程吧，或許能夠看見意想不到的風景，世界的寬廣總是比人們眼中想像得還廣袤。

快樂是一個狀態，也是一種心態。快樂的秘訣是相信自己能夠去創造快樂，而不是等待美好降臨。

也許某一天，你也會奇蹟似的成為他人的快樂。

我見過你的海洋

我曾經去見過令我永生難忘的海洋。

墾丁的海，漁光島穿越樹林會看見的大海，江之島的海邊，巴賽隆納的海邊，還有數不清的海邊……

每一次去海都會有不同的心情，有時候身邊有已經失去的人，也會有失而復得的靈魂。只要去看海的時候，好像就能夠放下紛紛擾擾的、混亂不堪的一切，再一次讓自己復原。

在海面前，人們都是渺小無比的。

海是言語無法比擬的美麗，它有透明的色澤，帶著白色的泡沫起伏，在陽光下的海會熠熠發光，而在夕陽餘燼的時候，又帶著淡淡的憂愁。

海同時也是危險的，有時候你的腳甫踏入水裡，會陷入恐懼，因為你看不見深藍色的盡頭，會害怕墜入深處，永無天日。

海給我的感覺實在是太豐富了。

有時候身心陷入一個低谷，那是沒有人能夠碰觸的黑暗，你會很想要走進大海，直接與海合為一體，不要再擔憂人間的煩擾。

可是，有時候你看著海是那樣的溫柔透徹，你會思索，原來人間竟有這樣的地方，好多煩惱瞬間變得微不足道，你的心也能夠放下一切，只享受片刻的寧靜。

生命誠然不易，每一瞬間如潮迭起，而我們像是沙子一樣，被重重捲起，又重新回到岸上。

可是能夠一起去看過海的人，一定是非常心愛吧。我們在海灘上戲耍大笑、在耳邊輕聲說話，一起踏浪，或者在浪潮來襲時，抓住對方，往岸上跑。

只是有些人或許被生命的浪潮捲去另外一個地方了，有些魚兒則選擇自己離開，為了自由、為了追尋。

我們一起見過海洋，也見過彼此的海洋——心是最奧妙無窮的海洋。我們遇見了，攤開彼此的脆弱，在最不安的時候安慰過彼此，在最舒服的溫度待在彼此身邊，而我一直記得，你的心就像是大海那樣寬廣。

只是我們總是會需要容納，除了自己以及曾經珍重的事物，我們總是會被新的人生與事物填滿；如果有一天，你的海不能再讓我泅泳了，我也會找到新的大海。

那麼如果，下次傷心的時候，我們再一起去看海吧。

如果沒有你了，我也會想辦法。

最重要的是，我留在自己身邊了。

縫補自己的傷

每個人身上或多或少都有不想說出口的傷口。忘記在哪一個課堂上，英國文學教授曾經說過：

“We are born to suffer.”

一針見血又忍不住感嘆。

除了世界紛紛擾擾的雜音，面對未來的迷茫，面對生活殘忍的現實，有時候並不是長大成人的路上才受了傷，而是在小的時候就有傷了。以為自己已經忘記了，直到重複的事情發生，傷口好像又被攤開了一樣。

那麼，你的傷口是什麼呢？

我認為我們處在一整個世代的落寞裡，是集體巨大又難言的傷口，我們都對生命的旅程迷惘，而迷惘中又要抓緊時間證明，在成功的迷思中不停邁步與賣力。於是我們打卡，我們談笑風生，我們追逐最新的流行趨勢。愈歡快，愈落寞。歡愉的在夜裡笙歌，卻不敢對明天許諾。

沒有什麼是永恆不變的。關於愛、關於歲月，甚至關於存在。

每個人都在尋找著唯一，也不停在傷害裡迷路。還有那些遍布社會脈絡，大大小小的傷口，相似又不同的故事。

而有些傷我一直重複覆轍。

比如……對關係很沒安全感，對所有事物都有一種極不信任感。或許是哪一次約定好要會合的位置，當時的朋友沒出現，在迷霧中被風吹著還是靜靜等候，直到對方消失，才發覺他早就走了。

或者記得小時候，因為沒有成為更美好的模樣，而不斷被否定。他們都希望你變得更好更優秀，卻忘記了，你也會疲憊也會傷神。你其實只是希望，就算自己很平凡，也能夠被肯定。

或者是說好的下次見，卻只剩下隔著螢幕各自寂寞。

而因為太過寂寞，於是想要被愛；因為太過渺小，所以不斷想要證明。

想要被愛的時候如同瘋了，一直要讓自己維持朋友成群，維持漂亮的形象，習慣於社群上精緻鋪張的動態，其實只是想要遮住內心的陰暗，不想要讓別人看到難堪的那一面。

很有趣的是，在傷口與疼痛遍布的社會，社群媒體也開始分層，讓你可以選擇和親近的人說，不用在所有朋友的面前詔告。但如果有些傷口連親近的朋友也無法說出口，那該怎麼辦？那時，你就開始在尋找拯救者，一雙能夠救你於水深火熱的手。

像是溺水者想要找到救生船，孤島想要找到另一個生還者。像是落單的旅人在漫天白雪的森林裡，只想找到篝火取暖。

以前的我希望對方可以幫我填補傷口，可以遇到很愛我的人，幫我填補那些缺縫。但遇到愛的人我又折傷他們。想要被拯救，所以渴望能夠被拉住，而被漏接的時刻，卻不能面對那樣的空白。所以我一直在傷痕的海裡，沒有辦法復原。

我不讓自己好起來，因為好起來意味著，要跟曾經在我身上的傷口告別。

有些傷口是愛曾經存在的證明，我不想要讓它從我身上褪去。但只有你自己能夠縫補自己，只有你自己才能全然決定拯救自己。

你貪婪擁抱，貪婪理解，貪婪愛天衣無縫地環繞你的悲傷，貪婪數不清的溫柔與呵護。但並不是死死地抓著一個人，你的心才會復活。

或許真正讓你不斷下陷的是，你期待被完整的拯救。

因為拯救是向內尋找，而不是向外探尋。

於是我試著拯救我自己，在無數難捱的夜晚。

關於短暫的傷痛——我想起很多很荒誕的晚上，循著街道，一直往前走，讓風吹乾自己的眼淚。

帶著手機就出門，在大橋上看著汽車川流不息，不知不覺，時間靜靜流淌，那會讓我感到平靜。

抑或是在溫暖的被窩裡，聽著歌曲，讓黑夜罩住自己，輕輕的告訴自己，一切都會沒事的。

比起倚靠別人，我仍在學習，要怎麼成為獨立面對悲傷的人。不是不能依賴，而是讓自己有穩定的核心。

關於長久的不安——我試著一個人整頓，嘗試不同的工作與事物，不要再把自己關閉，把自己的心真正打開，而不是將自己關在黑暗的房間裡。不開心的時候，偶爾我不再鉅細靡遺的將痛苦複寫，而是告訴自己，該往前了。

打開窗簾，你要去曝曬陽光。

想起一個難忘的經驗，當時要參加一個派對，在荷蘭騎腳踏車，因為想要一邊查路，不小心摔倒了，膝蓋上流了很多的血，不太會照顧自己的我沒有去看醫生，先貼了紗布止血。隔天去藥局拿藥，每天晚上自己擦藥，起先的兩個禮拜，膝蓋的傷口真的很疼，一開始痛得忍不住哭了，尤其是擦碘酒的時候，直到一個半月過去了，它開始痊癒。

我想我的身體也可以自己復原。那麼我自己也擁有魔法可以治癒自己的心。

也許往後人生，你的傷難免再次揭開，或許也會遇見新的挫傷。

因為你不是破掉的布娃娃，在變得破舊以後，就想要丟棄自己，你要學會拿起針線，慢慢地縫。

你的針在自己手上，想要修補自己，也許需要漫長的時間，不知道需要多久，每個人需要的時間並不一樣。

但只要活著，就有勇氣改變一切。

傷心
不代表一直腐爛

一場雨就能喚起所有的悲傷。悲傷的時候太多，但大部分的時候。我都會先忍耐，讓自己看上去雲淡風輕。

有時候我覺得我是世界上最難過的人。我的童年、青春期，甚至是長大以後，都一直有遇到讓我感到難受的事。

偶爾還是會想到在人群之中無法有歸屬的感覺，想到會灰白無力的青春日子，想起曾經哪裡都無法前往，沒有辦法做任何決定的自己。

以前唸高中的時候，我跟媽媽經常對質，我覺得太疲憊了，卻也不能理解她的艱辛。或許親情與愛裡有太多的期待與羈絆，最後雙方的矛盾卻讓一切都變質了。

記得高中的時候，有一次因為對生活的想法不同，我的想法不合媽媽的意，在下課以後，回家的路上起了爭執，她便直接在街上動手。我記得那天陽光很大，風也蠻強，我覺得一切都荒謬的好笑與羞愧，對當時才高中的我來說，既沒有面子也非常受傷與憤怒。太多刺痛，都直接傷到靈魂深處了，但當時我也不知道怎麼辦，只能接受一切。

這些難堪的過往，平常我很少向人說起，但都讓我極度害怕被人當面指責，讓我習慣性討好他人，去順應他人的眼光，只要能避免這樣的時刻。

然後——我又接著想到媽媽的離開。

媽媽離開以前，我的心思尖銳卻表現得唯唯諾諾，因為我總是習慣活在她的管束之下；媽媽走了以後，我雖然成長也堅強很多，心思卻變得更脆弱。

或許那樣突如其來的分離，以及太多矛盾的感情，一直都讓我感到焦慮不已。生命中短暫又不可參透的緣分，更是讓我無語而疼痛。是啊，我一直在自己沒安全感的迷宮裡迂迴，卻始終逃不開這樣的循環。

覺得很奇妙的是，在後來生活的過程中，我明明已經接受到很多愛意了，但我還是沒有辦法真正擺脫一切陰霾去快樂。

快樂有快樂的籃子，悲傷有悲傷的籃子，我們所接受到的一切喜怒哀樂是沒有辦法抵銷的。

為了讓自己鎮定，我很努力地告訴自己一切都會過去。為了讓自己完好，我盡量讓自己看起來完整與體面。儘管後來的日子，我也真的努力讓自己變好了，但本質上，我還是一直被過去所牽絆，因此而停滯不前。

說實話，我很羨慕、甚至是嫉妒那些正常長大的人（至少在我的雙眼裡是這樣），不會有如同我這樣擁有扭曲與敏感的心思，也能夠很平靜地跟他人相處，不會患得患失，總是抓著那些溫暖不放，最後卻也因為畏懼，而讓自己不停失去，重蹈覆轍。

其實我也很想正常的愛，很想擁有勇氣表達什麼是我喜歡的，也有勇氣去追求我想追求的。而不是只是閃爍眼神，只是停滯在沒有燈的黑暗裡。

當悲傷的浪潮又再次來襲，聽著音樂，我哭了一整天，感覺到頭痛與胃裡的噁心，什麼都不能做，也無法具體向誰傾訴，只能睡覺跟斷斷續續的書寫。習慣處在低谷以後，就已經開始做好最壞的打算，讓生命去迎接那些驚濤駭浪。

遇到傷心的時候，覺得自己是不是一生都要這麼腐爛。

但我慢慢的發現，傷心不代表要腐爛到底。

有些傷口或許一輩子都要努力，讓它痊癒，也讓自己平靜。所以我學會等到眼淚溢出，讓那些情緒過去，就算迷迷糊糊在惡夢裡睡去，也讓明天的陽光照在自己的眼睛裡。

人們總是說物極必反，絕地重生。我想這話是有道理的。

當你在谷底的時候，也知道這已經是最深淵的地方，那麼每一次抵達谷底，你可以選擇是否要探出頭，看看這個世界，或是找到任何一個繩索，沿著邊緣爬上。

有時候繩索是他人的善意，但有時候是自己的決定。

朋友曾經跟我說過一句話，如果你不相信自己會變好，那麼你永遠都不會變好。如果自己都不想變好了，那可能就會永遠在谷底徘徊。

所以我再一次告訴自己的心：
愈是辛苦的時候，也愈要相信前方有亮光。
那道光也許是別人給的，
但也許是自己尋見的。

愛
摧毀我們的時候
也在拯救我們

無論親情、友情或是愛情也好，我們總是想用愛來解決所有問題，而愛最悲傷的是把希望加諸在另外一個人身上。但事實上，你知道不可能的。

我從以前一直在想，或許愛是浪漫而理想化的暴力。但再愛一個人，他也不可能會成為你想要的樣子。

希望你能用對的方式愛人，因為你比任何人清楚，如果是錯誤的愛，那樣子會讓人有多麼的難受。

就像是我很愛媽媽，她也很愛我，我們卻總一直在關係裡失衡，互相無法理解，我的順從像是作業，她的愛如同義務，互相期待卻又頻頻失望，忘了愛明明是很單純的事。

也就好像我一直消磨那些我曾經很想珍惜的人們，因為我以為愛就是無止盡的包容一切，包含錯誤與滿足。

但有時候你得來的愛是別人犧牲才能換來的。他們犧牲掉自己的羽翼，待在鳥籠裡，只為了讓另外一個人快樂，這未免也太過不自由。但在這世界裡，我們卻一直毫無知覺的容許這件事發生。

關於那些需要保持成績優異才能夠讓父母嘉獎的孩子，那些需要配合他人才能融入朋友們圈圈的少年，那些需要改變自己才能夠將對方留在自己身邊的愛人，或許都活在各自的鳥籠中，無法展開雙翼飛翔，因為我們太過害怕，只要展開翅膀抵觸到了對方，會被否定，也會停止被愛了。

於是我們忍耐，修剪自己的羽毛，違背了本心改變自己，快樂的同時感到無盡的壓抑，愛的時候同時有所負擔。

會這麼做，是因為我們想要被愛。為了成為誰想要的樣子，認為這樣就能多賺取多一點的愛意。

我們最後本末倒置，被愛的洪洋淹沒，被燦爛的情感滅頂，我們是多麼想要跳脫這死路，卻又垂死掙扎，因為害怕愛被完全抽乾，最後剩下一片乾涸大地。

被愛摧毀，如同耽於美夢卻未曾醒來，直到終於驚醒，才發現生命早已脫離初衷太久，那些自己所夢想的，所渴望的，都已經離自己太遠了……

■

但儘管如此，我們還是絕望地向愛而生。因為需要。

或許愛是一體兩面的事情吧，矛盾又狡猾，卻又如此海納百川，而我們從愛裡面也獲得了許多。在孤單一人的時候，尋求著愛，為了愛變得能夠忍耐，變得願意用盡全力，願意犧牲，懂得守護。

愛也能改變一個人，以及給予另一個人勇氣。我常常在想，沒有愛的話，我或許真的會是一無所有的人。

但因為給予愛的時候，就會看見愛；接收愛的時候，就會被愛所拯救。

想起生病的時候，為我拿水、幫我蓋被子的人，第一時間關心我的人。想起無處可去的時候，接納我在黑夜迷路遊走的人。想起會在我傷心至極的時候，不發一語擁抱我為我抹去眼淚的人。

想起外公總是一邊沏著熱茶，一邊和我說，希望我可以活得健康快活就好。

想起爸爸和我說，我永遠會是他最驕傲的女兒，他希望我一生幸福。

想起離開的人曾對我說，無論在哪，你都會閃閃發光，你要記得這樣的自己。想起留在我身旁的朋友和我說，希望你要多愛自己一點，因為你其實值得被愛。

想起愛人和我說，愛我僅僅是因為我是我而已，我不需要有任何的躲藏。

想起媽媽在病痛裡，仍然不忘記和我說，永遠愛你。

偶爾不知道生命的意義，困頓而迷惘，偶爾痛恨成為不了理想的自己，在黑暗裡反覆思想，為什麼生命如此艱難，歲月既漫長又恆久寂寞，我還要堅持生活呢？

或許對於這樣脆弱的我，這些都是活下去的理由。

因為愛同時也是在世界一切動搖時，留下來的溫柔根基。

我一直這麼相信著，愛給了人們活著的盼望。

人們總是會以為要變成他人喜歡的模樣才會獲得愛，所以才會感到疼痛，但我想，也一定會有人出現，不計任何代價，或許緊緊的、或許輕柔的，將你擁進懷裡。

而希望今夜的你，也能夠被愛著，無論是誰，都願能給你一點平安。

後記

愛
是陪你靠近
所有不可抵達

「抵達的過程或許會迷失，但你會找到屬於自己的路。」

剛開始寫這本書的時候，一開始並沒有料到會耗費那麼長的時間。

從許久以前就熱愛創作的我，在撰寫這一本書的時候，充滿著期盼與感謝，可惜的是，心靈卻沒有辦法承接這樣的幸運。剛開始寫這本書的時候，遇見了許多的困難，在那段漫長日子裡，大部分能夠利用的時間很零散，只能斷斷續續地將想表達的言語化成文字，好多個夜晚反覆來回修改。

書中有描寫了一部分我所看見的世界，是在疫情前讓人想念的風和日麗，而當時世界正籠罩於疫情的灰暗當中，有太多令人悲傷與難過的事情都接踵而來，好像世界不會再變好了，而我自己本身也不夠好，因為生病的關係，好多日子無法好好入睡，夜裡時常睡到一半就哭泣不已，時常感到失望與抑鬱，甚至是絕望，並不知道這世上還有什麼值得追求。

當時的身體與心理狀態並不穩定，心裡也是破碎無比的，而要將自己過往藏著的傷口攤開，並不容易，斟酌每一個措詞，怕落筆的字句會先割傷自己。

我的心裡其實很惶恐，也會懷疑，如果世界是殘酷的，還會需要那些紀錄美好嚮往的片段嗎？會不會反而無法真實反映身而為人的無可奈何與迷惘漂泊。

但有些故事如果不寫下來的話，或許我終究會忘記那些燦爛色彩，抱持著這樣的想法，我試著竭盡所能，將想要記得的景色與心情，完整的描寫下來。我想有些心情與故事不只能拯救我——也能夠給正好需要的人，需要看見另一種生活風景的人們，需要被聽見與理解的人們，需要感同身受的人們。

很久以前，有人和我說過，我的文字充滿著「愛」的感覺，光是一望過去，就覺得我必定是充滿愛的人，或是圍繞著許多溫暖的人。那時我不理解他的說法，以前的我常常埋怨自己為什麼不夠被愛，為什麼其他人都可以被簇擁著，或是很多人很喜歡靠近他們，跟外表的活潑瀟灑的樣貌不一樣，其實我心底最害怕被丟下。但後來當我長大以後，我體會到有時候感覺不到愛，是因為並不理解愛的本質，因為不夠明白，才會沒有感受到它的存在。

也是書寫這本書時，回憶起了很多讓我感到難忘的事情，但有更多的事情，是筆墨難以形容或是我太常忽略的事了，來不及一一寫下。例如很多日常陪伴我的朋友們，因為帶給我太多笑容與安心，和他們在一起的時光，就已經快樂得讓我難以形容，更不知道如何記錄下每一個讓自己活過來的瞬間。還有我的家人，其實都已經盡全力地在愛著我，在我身上發生的愛都是那麼幸運的。

有好多值得感謝的小事情，譬如有一次，在機場的時候，看著迪士尼史黛拉兔的飾品，我自己很想要買，但手頭又不寬裕。我回頭望了很多次，眼巴巴地盯著免稅商店，爸爸發覺了我一直很放不下那個東西，還是帶我去買下它。當下我只是很開心而已，後來才思考到對於父母而言，儘管小孩多麼地任性與無理取鬧，還是會想要讓他們感到快樂，因為這是自然而然、毋庸置疑的愛。

但正因為太過親近與依賴了，很多愛才難以表達。有時候是因為我們都有不同的角色需要扮演，會不能理解與包容彼此，有時候則是愛在心裡口難開，很少真的將心中的愛說出口與時時刻刻珍惜，更不知道怎麼將這些幸運化成永恆，但這些才是生命裡最珍貴的事情。

寫完這本書是今年夏末的事情了，過程中曾經寫到傷心之處，也寫到我所認為愛的深處，原來不管哪一種情感，都是彌足珍貴的體會。我的心裡也似乎在這本書書寫的過程裡，慢慢地痊癒。而最近世界似乎又再次恢復它的規律了，看見許多地方放寬邊境的限制，我們似乎抵擋過最恐懼的日子，讓身體與意念變得堅強，終於恢復往日的自由自在，人們又可以去探索嚮往而未知的地方。像是一點又一點的曙光照在我們的身上，生活又能夠如常，只願不要再有更多病痛。

不管現在你正在經歷什麼，是否感到痛苦與憂傷，或許感覺到無助與徬徨，或許有太多的未來都不敢去想像與期待，有些事情不認為自己可以做得到，有些理想不認為適合自己，請不要否定自己，因為曾經的我也是那樣的人。

但只要相信自己一次，相信自己其實可以勇敢，可以成為，就能夠再往前走一點了。因為無論如何，陽光總是會照進黑暗，也會照亮我們看似混亂的生命，讓我們能夠重新開啟每一次的天明，再次將自己深藏心底的美夢帶向他人。

我們難免在愛中荒唐與受傷，反反覆覆陷入懷疑與泥淖。可是你要相信，無論如何，這世上會有人愛著你的一切，願意陪你啟程去遠方，也願意陪你靠近所有不可抵達，例如歲月風霜之後的白髮蒼蒼，例如沒有人知曉的永恆漫長。

在見過那些風月無邊，春暖花開的風景以後，我最想抵達的遠方，其實在我的心底已經描繪過無數次了，便是最珍重的愛人與自己。

而無論你在哪個地方，都要好好記得哦，記得要好好快樂著。

不要留遺憾的去生活著，去追尋著，去擁抱那些會消逝的時光，去愛每一天，去認真凝視每一雙眼睛，與珍惜每一個無可取代的現在吧。

（這本書獻給摯愛的朋友與家人們，還有閱讀到這裡的你。）

落涼
2022/10

微文學54

耗盡時光抵達有你的地方

作　者——落涼
攝　影——落涼
副主編——朱晏瑭
封面設計——張嚴
內文設計——林曉涵
校　對——朱晏瑭
行銷企劃——蔡雨庭

第五編輯部總監——梁芳春
董事長——趙政岷
出版者——時報文化出版企業股份有限公司
一〇八〇一九臺北市和平西路三段二四〇號七樓
發行專線——（〇二）二三〇六六八四二
讀者服務專線——〇八〇〇二三一七〇五
（〇二）二三〇四七一〇三
讀者服務傳真——（〇二）二三〇四六八五八
郵撥——一九三四四七二四　時報文化出版公司
信箱——一〇八九九臺北華江橋郵局第九九信箱

時報悅讀網——www.readingtimes.com.tw
電子郵件信箱——yoho@readingtimes.com.tw
法律顧問——理律法律事務所 陳長文律師、李念祖律師
印　刷——勁達印刷有限公司
初版一刷——二〇二二年十月二十一日
定　價——新臺幣三六〇元
（缺頁或破損的書，請寄回更換）

耗盡時光抵達有你的地方/落涼著. -- 初版. --
臺北市 : 時報文化出版企業股份有限公司,
2022.10
面；　公分
ISBN 978-626-335-966-6((平裝)

863.55　　111014851

時報文化出版公司成立於 1975 年，並於 1999 年股票上櫃公開發行，
於 2008 年脫離中時集團非屬旺中，以「尊重智慧與創意的文化事業」為信念。

ISBN 978-626-335-966-6　Printed in Taiwan